Das Buch

Ein New Yorker Kunstprofessor traut seinen Augen nicht, als ihm ein Kollege ein geheimnisvolles Gemälde zeigt – ein echter Vermeer. Von der Schönheit dieses unendlich kostbaren Werkes erzählt das Buch; von den Menschen, die es besessen haben und die es in seinen Bann zog:

Ein verarmter Maler aus Delft malt seine Tochter im hyazinthblauen Kleid, um seine elfköpfige Familie zu ernähren und endlich die Schulden abzuzahlen. – 1717. Eine Bauernfamilie findet in einem Boot ein ausgesetztes Kind, daneben ein Gemälde und eine Notiz: »Verkauft das Bild. Füttert das Kind.« – 1804. Die Frau des französischen Botschafters wird in flagranti beim Ehebruch erwischt und flüchtet. Nicht ohne vorher den stummen Zeugen ihres Seitensprunges, ein Bild, zu Geld gemacht zu haben. – 1942. Eine jüdische Amsterdamer Familie wird von den Nazis deportiert. In der Wohnung entdeckt einer der beteiligten Soldaten ein wunderschönes Bild und beschließt, später noch einmal wiederzukommen.

Das geheimnisvolle *Mädchen in Hyazinthblau* wird über die Jahrhunderte zum stummen Zeugen alltäglicher und dramatischer Schicksale.

»Eine faszinierende Reise durch die Geschichte – fesselnd erzählt.« *Frankfurter Rundschau*

Die Autorin
Susan Vreeland lehrt Englisch, Literatur und Creative Writing an einer öffentlichen Hochschule in San Diego, Kalifornien. Das *Mädchen in Hyazinthblau* wurde vielfach preisgekrönt.

Susan Vreeland
Mädchen in Hyazinthblau

Roman

Aus dem Amerikanischen
von Ruth Keen

WILHELM HEYNE VERLAG
MÜNCHEN

HEYNE GROSSDRUCK
Band-Nr. 21/73

Die Originalausgabe
»Girl in Hyacinth Blue«
erschien 1999 bei MacMurray & Beck, Denver

Die Übersetzung des Mottos von John Keats
besorgte Christa Schuenke

Taschenbuchausgabe 10/2002
Copyright © 1999 by Susan Vreeland
Copyright © der deutschsprachigen Ausgabe 2000
by Diana Verlag AG, München und Zürich
Der Diana Verlag ist ein Unternehmen
der Heyne Verlagsgruppe München
Printed in Denmark 2002

Umschlagillustration: »Briefleserin am offenen Fenster«
von Jan Vermeer, 1632–1675
Umschlaggestaltung: Nele Schütz Design, München,
unter Übernahme des Originalumschlags von
Hauptmann und Kampa Werbeagentur, CH-Zug
Satz: Filmsatz Schröter GmbH, München
Druck und Bindung: Nørhaven Paperback A/S, Viborg
Gedruckt auf chlor- und säurefreiem Papier

ISBN: 3-453-21120-0

http://www.heyne.de

Dieses Buch ist Dr. Scott Godfrey
und Dr. Peter Falk gewidmet

Inhalt

Du Braut der Ruhe, ungeschändet noch
Ziehkind der Stille und der trägen Zeit ...
Stumme Gestalt! Entreißt uns die Gedanken
Wie Ewigkeit.

John Keats, 1819

ERSTES KAPITEL

Genug lieben

Cornelius Engelbrecht hatte sich selbst erfunden. Lassen Sie mich gleich an dieser Stelle betonen, daß ich ihn nicht einen Freund nennen würde, aber ich kenne ihn gut genug, um sagen zu können, daß er seine Erscheinung bewußt geschaffen hatte: alleinstehend, maßvoll in gedeckten Farben gekleidet, Mathematiklehrer, Sponsor der Schach-AG, eher allen ein umgänglicher Bekannter als irgend jemandem ein Freund. Ein Mensch, der ängstlich darauf bedacht war, sich unsichtbar zu machen. Dieses sanfte Äußere kaschierte jedoch einen Kern, in dem es brodelte, und aus irgendeinem Grund, der sich mir erst später offenbarte, war ich derjenige, dem Cornelius Engelbrecht jene geheime Besessenheit enthüllte, die sich hinter der braven und kontrollierten Gesamterscheinung verbarg.

Es war nach der Beerdigung von Dekan Merrill, als ich erstmals einen unverfälschten Blick in Cornelius' Herz werfen konnte. Wir litten alle unter dem Schock von Merrills plötzlichem Tod, einem Verlust, der uns im Speisesaal des Lehrkörpers unserer kleinen Privat-Akademie für Jungen vorübergehend in einer ungewohnten Vertrautheit zusammenschweißte. Aber weder der Schock noch Cornelius' Vorsprung beim Trinken an jenem verschneiten Nachmittag im Pen's Den, wohin wir uns nach der Beerdigung begaben, waren die Ursache, weshalb er von seiner Strategie der Unscheinbarkeit abwich. Jemand am Tisch sagte etwas über Merrills kryptische letzte Worte »genug lieben«. Worte, die mir heute fast schmerzlich wie ein Schuldspruch meiner Begünstigung oder Ermutigung vorkommen wollen, aber damals war es nicht so. Wir fingen an, über die letzten Worte berühmter Persönlichkeiten und unserer verstorbenen Angehörigen zu sprechen, und Cornelius ließ den Kopf hängen und blickte starr in sein dunkles Bier. Es fiel mir nur auf, weil der Zufall es gewollt hatte, daß wir am Tisch nebeneinander saßen.

Er sprach mehr in sein Bier hinein als zu einem von uns. »›Ein Auge wie eine blaue Perle‹, hat mein Vater gesagt. Und dann ist er gestorben. Während der erste Schnee des Winters fiel, genau wie heute.«

Cornelius hatte ein Gesicht, das ich immer mit Piero della Francescas Porträt des Herzogs von Urbino in Verbindung brachte. Es war die Form seiner Nase, schmal, aber mit einem extrem hohen Nasenrücken, der einen Sockel für eine Brille bot, die er nicht trug. Er schien ein Mann zu sein, der pausenlos mit einem inneren Geheimnis beschäftigt war beziehungsweise so stark von einem intellektuellen oder moralischen Dilemma in Anspruch genommen wurde, daß ihm dies eine Art Überlegenheit verlieh und er offenbar etwas Besseres zu sein glaubte als wir, deren Gedanken sich um Autoreifen oder die Erkältung eines Kindes drehten. Sobald sich unser Gespräch den profanen Dingen des Lebens zuwandte, wurde er reserviert, als würde er über etwas weitaus Bedeutenderes grübeln, was sein kühles Lächeln überheblich erscheinen ließ.

»Ein Auge wie eine blaue Perle? Was soll das bedeuten?« fragte ich.

Er sah mich forschend an, als würde er mich anhand eines privaten Maßstabs prüfen. »Ich kann es nicht erklären, Richard, aber ich könnte es Ihnen vielleicht zeigen.«

Er bestand dann auch tatsächlich darauf, daß ich ihn an jenem Abend nach Hause begleitete, was vollkommen untypisch für ihn war. Ich hatte noch nie erlebt, daß er auf irgend etwas bestanden hätte. Damit würde er auf sich aufmerksam machen. Ich glaube, daß dieses »genug lieben« von Merrill irgend etwas in ihm angerührt hatte, oder er war der Meinung, daß es vielleicht mich anrühren könnte. Wie gesagt, warum er gerade mich aussuchte, weiß ich nicht. Es sei denn aufgrund der schlichten Tatsache, daß ich der einzige Künstler oder Kunstlehrer war, den er kannte.

Er führte mich einen Flur entlang in ein geräumiges Arbeitszimmer, in dem sich Berge von Büchern stapelten und dessen Tür seltsamerweise verschlossen war, obwohl er allein lebte. Wegen der Abgeschiedenheit war es kalt im Raum, darum machte er Feuer.

»Ich habe normalerweise keine Gäste«, erklärte er und wies mir den einzigen Sessel zu, aus pflaumenfarbenem Leder, mit hoher Rückenlehne und teuer aussehend, der neben dem Kamin und gegenüber einem Gemälde stand. Einem absolut atemberaubenden Gemälde, auf dem ein junges Mädchen im Profil, in einem kurzen blauen Kittel und einem rostfarbenen Rock, an einem Tisch neben einem geöffneten Fenster saß.

»Mein Gott«, sagte ich. Offenbar war es das, was er hören wollte, denn nun folgte eine Reihe von Anweisungen, die er mir in einer sich überschlagenden Stimme erteilte.

»Schauen Sie. Schauen Sie ihr Auge an. Wie eine Perle. Perlen gehörten zu den Lieblingsgegenständen Vermeers. Die Sehnsucht in ihrem Gesichtsausdruck. Und schauen Sie, wie sich das Delfter Licht vom Fenster her über ihre Stirn ergießt.« Er nahm sein Taschentuch heraus und wischte den Rahmen ab, vorsichtig darauf bedacht, das Gemälde nicht zu berühren, obwohl ich keinerlei Staub entdecken konnte. »Schauen Sie hier«, sagte er, »die Anmut ihrer Hand, die Muße in der nach oben gewandten Handfläche. Wie er einen einzigen Augenblick in dieser Hand verewigt hat. Aber mehr noch –«

»Bemerkenswert«, sagte ich. »Eindeutig im Stil Vermeers gemalt. Eine äußerst verführerische Imitation.«

Cornelius legte die Hände auf meine Sessellehne und beugte sich so weit zu mir herunter, daß ich seinen Atem auf meiner Stirn spüren konnte. »Es ist ein Vermeer«, flüsterte er.

Allein der Gedanke, die Absurdität, ja daß er tatsächlich daran glauben konnte, ließen mich empört protestieren. »Es hat viele Bilder im Stile Vermeers gegeben, und auch im Stile Rembrandts. Schule von Rubens und dergleichen. Die Kunstwelt ist voller Nachahmer.«

»Es ist ein Vermeer«, sagte er wieder. Sein weihevoller Ton bewirkte, daß ich meinen Blick von dem Gemälde abwandte und ihn ansah. Offenbar biß er auf der Innenseite seiner Wange herum. »Sie halten es für unmöglich?« fragte er, während seine Hand aufwärts wanderte, um das Herz zu bedecken.

»Es ist eben nur, daß es so wenige gibt.« Es fiel mir schwer, dem Mann seine Illusion zu rauben.

»Ja, sicher, sehr wenige. Sehr wenige. Er hat höchstens vierzig Ölgemälde angefertigt. Und nur etwa dreißig oder fünfunddreißig hat man ausfindig gemacht. *Welk een schat! En waar is dat alles gebleven?*«

»Wie bitte?«

»Das war nur die Klage eines holländischen Kunsthistorikers. Welch ein Schatz, und wohin ist er verschwunden, oder etwas in der Art.« Er wandte sich kurz ab, um uns beiden einen Brandy einzugießen. »Und warum sollte es nicht so sein? Es ist dasselbe Fenster, das sich zur Linken nach innen öffnet und das er so häufig verwendet hat, derselbe fahle gelbe

Lichtfleck. Schauen Sie sich das Muster auf dem Tischteppich an. Dasselbe wie bei neun anderen Bildern. Derselbe spanische Stuhl mit den Löwenköpfen, den er in elf Ölgemälden verarbeitet hat, dieselben Messingknöpfe im Leder. Dieselben schwarzen und weißen, diagonal verlaufenden Bodenfliesen.«

»Gleiche Accessoires sind noch lange kein Beweis für Authentizität.«

»Zugegeben, aber ich halte Sie für einen Mann mit einem guten Blick für Details. Sie sind Künstler, Richard. Sicherlich ist Ihnen nicht entgangen, daß der Fußboden dieselben Unebenheiten der Fliesen wie bei seinen früheren Werken aufweist, beispielsweise der *Musikstunde*, grob auf 1662 bis 64 datiert, oder dem *Weintrinkendes Mädchen mit zwei Kavalieren*, um 1660.«

Ich hätte nie gedacht, daß er so viel wußte. Er leierte seinen Text herunter wie aus einem Lehrbuch. Nun, da konnte ich mithalten. »Ebenso könnte das beweisen, daß es von einem zweitklassigen Imitator stammt, oder von van Mieris, oder de Hooch. Sie haben alle Fliesenböden gemalt. Holland war mit Fliesenböden gepflastert.«

»Ja, ja, ich weiß. Selbst Georg III. hielt *Die Musikstunde* für einen van Mieris, als er das Bild erstand, aber nicht einmal ein König kann den Maler eines Kunstwerks einfach bestimmen. Es ist ein Vermeer.« Er flüsterte den Namen.

Ich wußte wirklich nicht, was ich sagen sollte. Das Ganze war zu unglaublich.

Er räumte einige Bücher und Papiere von der Ecke seines großen Eichenschreibtischs fort, bezog dort halb sitzend, halb stehend Stellung und beugte sich zu mir herüber. »Wie ich sehe, zweifeln Sie noch immer. Dann richten Sie doch bitte Ihr Augenmerk auf die unterschiedlichen Schärfentiefen. Sehen Sie den Nähkorb, der im Vordergrund auf dem Tisch plaziert wurde, wie er es übrigens häufig tat. Fast als wolle er eine Barriere zwischen dem Betrachter und der Figur errichten. Das Geflecht ist diffus, leicht unfokussiert, während das Gesicht des Mädchens deutlich und klar dargestellt ist. Schauen Sie sich die Spitzenborte ihrer Haube an. Präzise auf den Nadelstich, da an ihrer Schläfe. Und nun sehen Sie sich das Glas Milch an. Verschwommen, und die Landkarte lediglich eine Andeutung. Stimmen Sie mir zu?«

Ich nickte, eher aus Nachsicht über seinen Eifer, nicht, weil ich ihm beipflichtete.

»Nun, genau dasselbe hat er bei der *Spitzenklöpplerin* 1669 gemacht. Was mich zu der Annahme verleitet, daß dieses hier zwischen 1665 und 1668 entstanden ist.«

Ich fühlte, wie sein sengender Blick auf mich gerichtet war, während ich prüfend das Bild betrachtete. »Sie haben eine beachtliche Fülle von Informationen zusammengetragen. Ist es signiert?«

»Nein, es ist nicht signiert. Aber das war nicht ungewöhnlich. Er unterließ es oft, seine Bilder zu signieren. Außerdem hat er auf mindestens sieben Arten signiert. Eine Signatur ist kein eindeutiger Beweis für einen Vermeer. Aber die Technik. Schauen Sie sich die Richtung des Pinselstrichs an, die winzigen Furchen, die die Borsten hinterlassen haben. Sie haben eine beleuchtete und eine beschattete Seite. Schauen Sie sich weiter auf dem Gemälde um. Sie werden überlappende Farbschichten finden, die nicht dicker sind als Seidenfäden und die eine minutiöse Veränderung der Schattierung bewirkten. Das macht es zu einem Vermeer.«

Ich trat näher an das Gemälde heran, nahm meine Brille ab, um es aus nächster Nähe zu sehen, und fand bestätigt, was er sagte. Wenn ich meinen Kopf nach rechts oder links bewegte, wechselten gewisse Pinselstriche maßgeblich ihre Tönung. Wie schwer war es, das zu bewerkstelligen. An anderen Stellen war die Oberfläche so glatt, daß man glaubte, die Farbe habe sich auf die Leinwand ergossen. Plötzlich merkte ich, daß mein Atem schneller ging. »Haben Sie es denn nicht schätzen lassen? Ich kenne einen Professor für Kunstgeschichte, der einmal vorbeikommen und es sich ansehen könnte.«

»Nein, nein. Es ist mir lieber, wenn es nicht bekannt wird. Sicherheitsrisiko. Ich wollte es Ihnen nur zeigen, weil Sie es zu würdigen wissen. Erzählen Sie keiner Menschenseele etwas davon, Richard.«

»Aber wenn die Echtheit des Gemäldes offiziell bestätigt würde … mein Gott, dann besäße es einen astronomischen Wert. Ein neu entdeckter Vermeer – das würde die Kunstwelt aus den Angeln heben.«

»Ich will die Kunstwelt nicht aus den Angeln heben.« Die Ader an seiner Schläfe pochte heftig, ob nun wegen seiner Überzeugung, daß das Bild echt war, oder aus irgendeinem anderen Grund, wußte ich nicht.

»Verzeihen Sie die indiskrete Frage, aber wie sind Sie in den Besitz des Gemäldes gekommen?«

Er starrte mich an. »Sagen wir mal, mein Vater, der schon immer ein geübtes Auge für Kunst besaß, ist in einem günstigen Moment darauf gestoßen.«

»Bei einer Nachlaßauflösung oder einer Versteigerung? Dann würde es Papiere geben.«

»Nein. Seit dem Ersten Weltkrieg ist kein Vermeer versteigert worden. Sagen wir einfach, es wurde privat erworben. Von meinem Vater, der es mir schenkte, als er starb.« Seine Kinnpartie verhärtete sich. »Darum existieren keine Unterlagen, falls Sie das meinen. Und kein Kaufvertrag.« Ein seltsamer Trotz lag in seiner Stimme.

»Und die Provenienz?«

»Es gibt da mehrere Möglichkeiten. Die meisten Werke Vermeers gingen durch die Hände eines gewissen Pieter Claesz van Ruijven, Sohn eines vermögenden Delfter Brauereibesitzers. Ich glaube, dieses hier war eine Ausnahme. Als Vermeer starb, hinterließ er seiner Frau elf Kinder und einen Berg Schulden. Fünfhundert Gulden für Lebensmittel. Eine weitere Summe für Wollwaren, für die die Spinnerin Jannetje Stevens sechsundzwanzig Gemälde beschlagnahmen ließ. Später wurden sie auf dem Verhandlungsweg wieder der Witwe zugeführt, aber nur einundzwanzig bei der Auflösung des Nachlasses versteigert. Wer bekam die anderen fünf? Künstler oder Händler der Lukasgilde? Nachbarn? Verwandte? Dieses könnte so eines sein. Und von den einundzwanzig sind nur sechzehn identifiziert worden. Was wurde aus den anderen? Auch da böte sich eine Möglichkeit. Außerdem bekam ein Bäcker namens Hendrick van Buyten zwei Gemälde, zur Tilgung einer Brotrechnung über sechshundertundsiebzehn Gulden. Manche glauben, daß van Buyten sogar schon vorher ein paar erstanden hat.«

Ich mußte aufpassen, daß ich mich nicht von ihm einwickeln ließ. Nur weil Cornelius ein paar Tatsachen über den Künstler wußte, machte das sein Gemälde noch lange nicht zu einem Vermeer.

»Später hat man es vielleicht als einen de Hooch verkauft, dessen Werke damals hoch im Kurs standen. Oder vielleicht war es ja als *puyk* unter die Leute gekommen, eine Zugabe beim Verkauf einer Sammlung von De-Hooch- oder Van-der-Werff-Gemälden; eventuell war es auch bei der Auflösung des Nachlasses von Pieter Tjammens in Groningen dabei.«

Jetzt kam ich wirklich nicht mehr mit. Was war das für ein Mensch, der sich so detailliert auskannte?

»Die Dokumente berichten lediglich ›von einer Auktion seltener Gemälde wichtiger Meister wie J. van der Meer, die weit entfernt der Hauptstadt aufbewahrt worden waren‹. Es gibt die verschiedensten Möglichkeiten.«

Das alles sprudelte nur so aus ihm heraus. Ein Mathelehrer! Unglaublich.

Der Frage, wie sein Vater das Bild erworben hatte, war er jedoch ausgewichen. Ich kannte ihn nicht gut genug, um weiter nachhaken zu können, ohne aufdringlich zu wirken. Da ich nicht wußte, was er da so entschlossen für sich behalten wollte, konnte ich nicht glauben, daß das Gemälde echt war. Ich trank meinen Brandy, entwand mich in aller Höflichkeit und dachte: Selbst wenn es kein Vermeer ist, na wenn schon. Das Bild ist himmlisch. Soll der Mann doch seine Freude daran haben.

Sein Vater. Vermutlich trug er denselben Namen. Engelbrecht. Deutscher.

Warum war ihm meine Zustimmung so wichtig? Offenbar hing etwas Entscheidendes davon ab.

Ich fuhr nach Hause und versuchte die ganze Geschichte aus meinen Gedanken zu verscheuchen, aber das Gesicht des Mädchens ging mir nicht mehr aus dem Sinn.

Merrills Beerdigung am Vortag hatte Cornelius nachdenklich gestimmt. Nicht speziell Merrill beschäftigte ihn. Sondern die Unvorhersehbarkeit des eigenen Todes, und die Dinge, die ungesühnt bleiben. Und sein Vater. Schnee hatte auch den Sarg seines Vaters zugedeckt – zuerst nur Tupfer, die sich verbanden, dann aufeinandertürmten, bis der Sarg zu einem dicken weißen Brotlaib geworden war. Dieser Priester mit dem kantigen Kinn, der gesagt hatte: »Wir müssen der Moral eines Menschen unsere Beachtung schenken«, die einzigen während Merrills Trauerfeier gesprochenen Worte, an die er sich erinnerte.

Cornelius mußte seinem Vater Otto Engelbrecht zugute halten, daß er während Cornelius' Kindheit, in Duisburg nahe der holländischen Grenze, ein pflichtgetreuer, oft strenger Vater gewesen war, der auch zärtlich sein konnte. An diesem einsamen Sonntagnachmittag, während es sanft schneite, schaute Cornelius, der in seinem großen Ledersessel saß und las, von seinem Buch auf und versuchte, die frühesten Erinnerungen an seinen Vater wachzurufen. Es könnte die kleine Windmühle aus Holz gewesen sein, die er ihm einmal aus Holland mitbrachte. Sie hatte angemalte blaue Flügel, die sich drehen konnten, und eine kleine rote Tür, an der ein Scharnier fehlte. Wenn man sie aufmachte, konnte man im Inneren eine winzige Familie aus Holz sehen.

Er erinnerte sich daran, wie sein Vater die Sonntagnachmittage mit ihm, dem Einzelkind, verbrachte – ihn in den Düsseldorfer Zoo mitnahm, ihm persönlich Trompetenunterricht erteilte, ihn auf einem Schlitten durch ihr Viertel zog. Und als Cornelius einmal erbärmlich fror, wie sein Vater da Cornelius' kleine Hand mit seiner eigenen bedeckt und sie in seine Tasche gezogen hatte. Er hatte ihm Schachstrategien beigebracht und darauf bestanden, daß er sie auswendig lernte, hatte ihm in einem holländischen

Museum die Gründe für van Goghs gemarterte Himmel und das Genie der Rembrandtschen Gesichter erklärt, und als sie nach Amerika zogen, eine Folge des Credos seines Vaters, man müsse eine günstige Gelegenheit beim Schopfe packen, nahm er ihn zu den Baseballspielen der Yankees ins Yankee-Stadion mit. Diese Erinnerungen bewertete Cornelius heute lediglich als die guten Absichten in einem zusammengeflickten, verlogenen Leben.

Später, in Philadelphia, war ihm stets die lauernde Nervosität seines Vaters unangenehm, wenn er einen Schulfreund mit nach Hause brachte. Und er verstand auch nie so recht, was mit seiner düsteren Ermahnung gemeint war: »Wenn man dich fragt, sagst du, daß wir Schweizer sind, und sonst nichts.« Zu der Zeit, als er Freunde vom College zu Besuch mit nach Hause brachte, hatte sein Vater das Gemälde längst in sein Arbeitszimmer geschafft, dessen Tür er mit einem Schloß versah und wo er seinen Schatz mit dem hämischen Besitzerstolz eines Geizhalses hütete. Die selbstzufriedene Haltung seines Vaters, wenn er das Bild betrachtete – Hände hinter dem Rücken verschränkt, erst auf den Zehen, dann auf den Fußballen wippend –, rief bei ihm eine Zeitlang Ekelgefühle hervor.

Nach dem Tod seiner Mutter übernahm sein pensionierter und rastloser Vater die Pflege des Gartens. Plötzlich erinnerte sich Cornelius wieder an die entschlossene Krümmung seiner Schultern, wenn er sich bückte, um ein aufmüpfiges Unkraut auszumerzen, das zwischen den Reihen von Blumenkohl und anderen Kohlsorten sproß. Mußte er denn so gnadenlos sein? Konnte er nicht wenigstens eines wachsen lassen und sagen, ich weiß auch nicht, wie es sich durchgemogelt hat? Er pflanzte und wässerte mit freudigem Elan, verschenkte ganze Säcke voller Gemüse an die Nachbarn.

»Was für herrliche Tomaten«, staunte eine Frau.

»Heutzutage bekommt man im Supermarkt keine anständigen Tomaten mehr.« Lächelnd häufte er noch mehr in ihren Sack.

»Im Krieg hatten wir auch so einen ›Garten für den Sieg‹«, sagte sie, und Cornelius sah, wie er zusammenzuckte.

War das die Luger seines Vaters, in seiner Vorstellung überdimensional groß, welche krachend auf die Hand einer Frau niedersauste, die noch schnell nach einem Brötchen greifen wollte, als man sie aus ihrer Küche jagte?

Jahrelanges angestrengtes Grübeln, die fassungslose Lektüre eines Buches nach dem anderen, das er mit raubtierhafter Gier verschlang – Geschichtsbücher, Erlebnisberichte, Tagebücher, Dokumente, Kriegsromane –, ließen die Grenze zwischen Erinnerung und Einbildung verschwimmen. Cornelius wußte nicht mehr genau, was er gelesen und was er seinen Vater, Leutnant Otto Engelbrecht, zu seinem Onkel Friedrich über die Razzia der Zweitausend hatte sagen hören, in akademischen Kreisen auch der Schwarze Donnerstag vom 6. August 1942 genannt.

Vom Einbruch der Dunkelheit bis Mitternacht schleiften sie sie aus ihren Häusern; die Razzia wurde angeordnet, wie die Historiker berichten, weil zu wenige der zur Deportation aufgerufenen Juden am Bahnhof erschienen waren und der Zug nach Westerbork voll belegt werden mußte. Mitte August wurde die Suche nach Südamsterdam ausgeweitet, einer etwas wohlhabenderen Gegend. Im September waren sie immer noch zugange und verschleppten die Juden zur Zentralstelle auf dem Van-Scheltema-Platz.

Wie das Fließband in der Duisburger Fabrik. Irgendwo dazwischen die Stimme seines Vaters.

Der Rest war ein Wirrwarr aus gedrucktem und gesprochenem Wort, aufgebläht von der Betriebsamkeit seiner Phantasie. In Gedanken spielte er noch einmal jene Duisburger Erinnerung durch, wie er sich nach dem Zubettgehen hinuntergeschlichen und mit angehört hatte, wie der Vater seinem Onkel Friedrich eine Geschichte erzählte, die er, als damals Zehnjähriger, nicht verstand. Diesmal inszenierte er sie so, als habe sein Vater, nach zu vielen Gläsern Whiskey und einer Serie von Niederlagen gegen Friedrich nun von einem Schachmatt beflügelt, zu seinem Bruder gesagt – zu einer Zeit, als man sich in Familienkreisen immer noch gefahrlos unterhalten konnte: »Man muß eine günstige Gelegenheit erkennen und sie sofort beim Schopfe packen können. So macht man das. Oder wenn schnelles Handeln nicht ratsam erscheint, einen Plan fassen. Wie bei dem Gemälde.

Als mein Adjutant im Eßzimmer von so einem Juden ein silbernes Teeservice entdeckte, machte er Anstalten, es einzusacken. Falscher Zeitpunkt. Ich mußte ihn daran hindern. Eigentum des Führers.«

Cornelius hatte es nachgelesen, wie ein Lastwagen am Tag darauf der Spur der Razzia zu folgen pflegte und Straßenzug um Straßenzug die verwaisten jüdischen Besitztümer für die Abteilung für Hausraterfassung fortkarrte.

»Und in dem Augenblick habe ich das Gemälde hinter seinem Kopf gesehen. Nur in blauen und gelben und rötlich-braunen Farbtönen gehalten und leuchtend wie Lack. Es mußte ein niederländischer Meister sein. Genau in dem Augenblick fand ein Sturmmann einen kleinen Jungen, der unter Tischdecken und hinter ein paar Tellern in einem Geschirrschrank versteckt war. Wir hätten ihn fast übersehen. Mein Adjutant warf mir einen wütenden und vorwurfsvollen Blick zu, wie ich nur hatte so nachlässig sein und mich hatte ablenken lassen können. Beim kleinsten Anlaß – wegen des Gemäldes zum Beispiel, oder seiner Zurechtweisung – hätte er die Sache vielleicht sogar gemeldet.«

Dann folgte, was in seinem Kopf immer vom Geräusch scheppernden Geschirrs begleitet wurde und von dem sich Cornelius nie im klaren war, ob es sich um Erinnerung oder seine überzogene Einbildung handelte: »Also habe ich dem kleinen Judenbengel meinen Stiefel in den dreckigen Arsch gerammt. Aber ich habe mir die Hausnummer gemerkt.«

Was als nächstes geschah, konnte man sich leicht zusammenreimen. Sobald sie ihre Quote gegen ein oder zwei Uhr morgens abgeliefert hatten, während andere Juden noch gelähmt vor Angst in ihren Verstecken verharrten und Totenstille auf den Straßen herrschte, ging sein Vater noch einmal zurück. Das Bild war noch da, hing immer noch an der Wand, trotz der in zahlreichen Geschichtsbüchern erwähnten Verordnung 58/42: Alle jüdischen Kunstsammlungen hatten bei der Verwahrungsstelle Lippmann-Rosenthal hinterlegt zu werden. Aber das hier war keine Sammlung, nur ein Einzelbild, aus Dreistigkeit oder Unwissenheit zur Schau gestellt. Vielleicht hatte sein Vater gedacht, daß das Bild es deswegen verdiente, mitgenommen zu werden? Und dann die Stimme seines Vaters, die sich irgendwie über all die Jahre ihren Klang erhalten hatte: »Als ich ankam, war das Teeservice schon weg.«

Dieselben Visionen, die sein Vater hatte, von denen er hoffte, daß sein Vater sie hatte, brachten Cornelius nachts um den Schlaf, erfüllten seine Träume mit der Orgie des Plünderns, mit Müttern, die es vorgezogen hatten, nicht für den Tod Schlange zu stehen, mit Schmerz, der keine Strafe für Sünden war, mit Rauch, der über Zäune wehte und die Fensterscheiben christlicher Häuser beschlug, mit Kinderzähnen wie verbrannte Perlen. Von seinen Vorstellungen getrieben, las er wie ein Besessener Literatur zu zwei Themen: niederländische Kunst und die deutsche Besatzung der Niederlande. Nur das eine bereitete ihm Freude. Nur das eine konnte vielleicht das Bild der Uniformmütze und der Stiefel und der Luger seines Vaters verblassen lassen.

Da ihn sein Bedürfnis nach Gewißheit dazu zwang, reiste Cornelius eines Sommers nach Amsterdam. Er mied den Van-Scheltema-Platz und begab sich direkt zum Rijksmuseum, wo er atemlos die Werke Vermeers studierte. Eines himmlischen Nachmittags war er restlos von der Echtheit seiner Familientrophäe überzeugt, als er sah, wie die dünnen, mit zerfurchten Pinselstrichen aufgetragenen Farbschichten ein Licht- und Schattenspiel auf dem blauen Ärmel einer brieflesenden jungen Frau entstehen ließen, das dem auf dem Ärmel seines nähenden Mädchens haargenau glich. Ein paar Tage später fuhr er nach Den Haag. Im Königlichen Gemäldekabinett des Mauritshuis sah er leuchtende Lichtpunkte in den bernsteinfarbenen Augen von Vermeers *Mädchen mit der Perle,* genau wie bei seinem nähenden Mädchen. In den muffigen Stadtarchiven von Delft, Amsterdam, Leiden und Groningen vergrub er sich in alte Dokumente und Urkunden über Nachlaßauflösungen. Er fand nur Möglichkeiten, keine unwiderlegbaren Beweise. Doch Beweise waren in den Museen genügend vorhanden. Die Übereinstimmungen waren nicht von der Hand zu weisen. Er flog nach Hause und hütete seine Gewißheit wie ein gestohlenes Juwel.

»Es stimmt. Es ist ein Vermeer«, sagte er zu seinem Vater.

Dann folgte das langsame Lächeln, das sich fei-
xend über das Gesicht seines Vaters breitete. »Ich
habe es gewußt.«

Gemeinsam untersuchten sie jeden Quadratzenti-
meter des Gemäldes, erlagen erneut seinem hinrei-
ßenden Charme, dennoch reichte die Begeisterung
nicht aus, um jene Wahrheit zu verscheuchen, die
Cornelius nun nicht mehr leugnen konnte: Wenn das
Bild echt war, dann war die ungeheuerliche Plünde-
rung seines Vaters ebenfalls echt. Nur auf eine Art
hatte er es in seinen Besitz bringen können. Jetzt, da
Onkel Friedrich und seine Mutter nicht mehr lebten,
wußten nur zwei Menschen auf der Welt davon, und
dieses Wissen, zusammen mit den zwillingshaften
Visionen ihrer Träume, schmiedete sie in einer dop-
pelten Verwandtschaft aneinander, ob sie wollten
oder nicht.

Einmal hatte er einer anderen Person davon erzählen wollen, seiner ehemaligen Frau, die gelacht hatte,
als er sagte, es sei ein Vermeer. Gelacht und gefragt
hatte, wie sein Vater denn daran gekommen sei. Er
war nicht in der Lage gewesen, ihr zu antworten. Ihr
schrilles Gelächter hatte noch lange Zeit in seinen
Ohren nachgeklungen. Sie behauptete, daß er ihr
daraufhin keine Gefühle mehr entgegenbrachte, und
innerhalb eines Jahres verließ sie ihn mit der Be-
gründung, daß er Gegenstände mehr liebe als Menschen. Daß diese Anschuldigung wahr sein könnte,
verfolgte ihn wie alles andere.

Nach dem Herzinfarkt seines Vaters hätte der Erlös aus dem Verkauf des Gemäldes ihm einen angenehmen Platz in einem Altersheim sichern können. Cornelius litt Höllenqualen. Allein eine Anfrage bei einem Kunsthändler könnte israelische Geheimagenten auf den Plan rufen, die mit Pistolen und Auslieferungspapieren, die sie sich auf ihre effiziente Art vom international operierenden Jewish Document Center beschafft hätten, vor der Tür seines Vaters auftauchen und mit einem einfachen Flug nach Jerusalem winken würden. Auf freundliche Einladung des Mossad. Mehr als tausend hatten sie bisher aufgespürt, und nicht bloß Reichskommissare oder Lagerkommandanten, darum zog Cornelius wieder in sein Elternhaus und pflegte seinen Vater selbst.

Später, als klar wurde, daß es keine Nachmittage mehr geben würde, an denen er ihn frisch gebadet und rasiert im Rollstuhl in die Sonne des Gartens schieben konnte, als der Schmerz durch die Betäubung der Drogen gierig nach ihm griff, murmelte sein Vater nur noch Wortfetzen. Auf deutsch, der Sprache, die er zurückgelassen hatte. In einem Raum, in dem sich der säuerliche Geruch des Sterbens breitmachte, ein Geruch, von dem Cornelius wußte, daß sein Vater ihn erkannte, flüsterte Otto: »Bring mir das Bild.«

Als sie beide wußten, daß das Ende nahte, konnte Cornelius schwach vernehmen: »Ich habe nur mitgemacht, weil es eine Möglichkeit war, lebenslange Freundschaften mit Leuten zu schließen, die im Kommen waren.«

Cornelius lachte verächtlich, dann schob er ihm mit einem Löffel zerkleinerte Eisstückchen zwischen die aufgesprungenen Lippen.

»Ich habe nur die Züge gesehen. Mehr habe ich nicht gewußt.«

Mit einem Taschentuch wischte er einen Speichelfaden fort, der langsam am Kinn seines Vaters herablief, und wartete darauf, daß der aus Unentschlossenheit angehaltene Atem seines Vaters wiederkehren möge.

»Wir waren nichts weiter als Spediteure. Wir haben sie von einer Adresse zur nächsten geschickt. Was am anderen Ende geschah, ging mich nichts an.«

Genau. Natürlich. Hier entlang zu den Zügen, bitte. Vorsicht beim Einsteigen, meine Dame. Achten Sie auf die Bahnsteigkante. Gleichgültig beobachtete Cornelius, wie ein zäher Schmerz die Stirn seines Vaters zerfurchte. Womit hatte er verdient, so lange zu leben?

»Der Gedanke, einen Befehl zu verweigern oder ihn zu umgehen, ist mir nie in den Sinn gekommen.«

In der Tat.

Wie eine sich häutende Schlange, dachte Cornelius, unternahm sein Vater den jämmerlichen Versuch, die Schichten seiner Sünden abzustreifen, um noch rechtzeitig bis ins Mark seiner Unschuld vorzustoßen. Aber am letzten Morgen, als sich der Himmel mit undurchdringlichen grauen Schneeschwaden zuzog, kam der wahre Grund für seinen Kummer

ans Licht: »Ich habe nie einen höheren Dienstgrad erreicht.«

Daraufhin fiel es Cornelius leicht, ihn kostengün-
stig zu beerdigen. Ohne Todesanzeige. Das sei nicht
grausam, sagte er sich. Sondern eher eine Gedenk-
veranstaltung, die darauf abzielte, durch ihre Ge-
wöhnlichkeit die Welt um ihren Triumph zu bringen.
Aber gerade weil sie so abgeschieden war, scheiterte
der Plan. Denn als sein Vater noch am Leben war,
hatte er sein Bestes getan, hatte getan, was er konnte,
um sein Gewissen zu prüfen. Niemand könnte ihm
vorwerfen, daß er es nicht getan hätte. Als er damals
in demselben Arbeitszimmer allein in dem Ledersessel seines Vaters saß, dessen Farbe ihm plötzlich
wie die einer Wunde vorkam, hatte er das Testament
gelesen. Er hatte sich gezwungen, jede einzelne Zeile
zu lesen und den Text nicht bis zum Fuß der Seite
zu überspringen, um das zu finden, was er dort zu
finden wußte, daß »ein Gemälde eines jungen Mädchens, am Fenster nähend« ihm gehörte.

Und dort hing es jetzt, auf Gedeih und Verderb. Er
fühlte die Gegenwart des Bildes jedesmal, wenn er
den Raum betrat.

An diesem stillen Sonntagnachmittag, Jahre nach
der stummen Beerdigung seines Vaters und einen
Tag nach der von Merrill, saß Cornelius wieder in
demselben Arbeitszimmer, das jetzt seins war, las die
Protokolle des Eichmann-Prozesses und trank Kaf-
fee mit Rum. Vor dem Fenster ebnete der Schnee jene
Fläche, die einmal der Garten seines Vaters gewesen

war, während er sich auf der anderen Seite der Stadt schwer auf Dekan Merrills frisches Grab legte. Er saß hier im Haus und schaute auf, und er sah die Lebendigkeit in den Augen des Mädchens und wünschte – nein, sehnte sich, daß jemand, Richard, irgend jemand, sich gemeinsam mit ihm an dem Bild erfreuen könnte. Nein, nicht nur irgend jemand. Von Richard drohte keine Gefahr. Er verstand etwas von Kunst, kannte aber keine Kunsthändler. Das wilde alte Verlangen kroch wieder aus irgendeiner verkümmerten Tiefe seines Inneren heraus, das Bedürfnis, zu sagen: »Schauen Sie sich diese unglaubliche Leistung an. Schauen Sie sich diesen Vermeer an. Huldigen Sie dieser Vollkommenheit auf Knien.«

Zumindest hatte er dies mit seinem Vater teilen können. Einmal, vor Jahren, hatte ihn sein Vater per Ferngespräch angerufen, als er meinte, ein zurückgelassenes Pinselhärchen in einem Mittelpfosten des Fensters entdeckt zu haben. Oh, diese kleine Borste aus Vermeers eigenem Pinsel! Er hätte sie Richard zeigen sollen. Um dessen Zweifel zu zerstreuen. Wenn Richard erst einmal an die Echtheit des Bildes glaubte, würde er es mit derselben Leidenschaft lieben wie sein Vater.

Sein Blick fiel wieder auf die Buchseite und blieb an einem Satz hängen, den der Richter im Eichmann-Prozeß gesagt hatte: »Der Vernichtungsprozeß war eine einzige, allumfassende Operation und läßt sich nicht in individuelle Handlungen unterteilen.« O doch. Er war anderer Meinung. Er dachte an den namenlosen, grablosen kleinen Jungen, der mit einem Fußtritt zur Tür hinausbefördert worden war und der an seinem letzten freien Morgen auf der Welt vielleicht noch mit einem Holzspielzeug gespielt hatte.

War die kleine Windmühle auch beschlagnahmt worden? Als Souvenir aus einem unglückseligen jüdischen Heim, das man während einer günstigen Gelegenheit trotz des fehlenden Scharniers hatte mitgehen lassen? Er stellte sich seinen Vater vor, der, eingeschlossen in einer gläsernen Zelle, verhört wurde. »Und haben Sie nicht diese Windmühle aus dem Haus der Rijnstraat Nummer 72 entfernt, nachdem Sie dort in der Nacht des 3. September 1942 eingedrungen waren?« An Cornelius' drittem Geburtstag.

Ganz gleich, ob es ihm nun testamentarisch verfügt worden war – das Gemälde gehörte nicht ihm.

Er würde für seinen Vater Buße tun, wenn er sich nicht mehr daran erfreuen könnte. Er zerrriß einige Zeitungen, breitete die Streifen fächerförmig aus und zerknüllte sie über dem Rost des Kamins. Dann verteilte er kreuz und quer den Zunder, darüber die geviertelten Scheite. Die Öffnung des Kamins war gerade breit genug. Er war dankbar, daß es kein großes Gemälde war; es mit einer Rasierklinge beschädigen zu müssen wäre eine Schande gewesen.

Er richtete sich auf, um das Bild von der Wand zu nehmen. An diesem letzten Nachmittag wollte er sich einen Luxus gönnen, den er sich vorher nie erlaubt hatte: Er berührte ihre Wange. Ein Schauder durchfuhr ihn, während er die Altersrisse des Gemäldes unter seinen Fingerspitzen spürte. Er streichelte ihren Hals und wunderte sich, daß er das Schnürband nicht greifen konnte, das an ihrer Haube hing. Und dann streichelte er ihre Schulter, und war erstaunt, daß er deren Rundung nicht fühlen konnte. Sie hatte kaum Brüste. Er befeuchtete seine Lippen, die plötzlich trocken geworden waren, und berührte auch diese Stelle, behutsamer, mit nur zwei Fingern, und spürte, wie er sich von einer großen Welle peinlichen und unbeholfenen Mitleids erfassen ließ, wie wenn man durch die Tür eines Krankenhauses zufällig einen halbnackten Menschen erblickt.

Wo sich ihr Rock raffte, fühlte er die Furchen, die Jans Pinsel hinterlassen hatte. Jan. Johannes. Nein. Jan. Der vertraute Name war der einzige, der zu einem solchen Augenblick paßte. Jans Pinsel. Er überlegte, ob nicht seine Finger möglicherweise zu rauh wären, um Jans Meisterschaft fühlen zu können. Er ging ins Bad, rasierte sich mit einer neuen Klinge, trocknete sich gründlich das Gesicht ab und begab sich wieder in sein Arbeitszimmer, wo er, gegen die Wand gelehnt, seine Wange an ihr Kleid legte. Der Schock über die gefühlte Kälte schnitt in ihn hinein wie ein Messer.

Er besaß kein Recht darauf.

Er legte das Gemälde auf den Teppich und fachte das Feuer an. Während er dort kniete und wartete, daß die Flammen größer wurden, stellte er sich vor, wie sie bis zum blaßblauen Perlgrau ihres Auges hinaufkriechen würden. Die ruhige Intensität ihrer Sehnsucht ließ seine Hand noch einen Moment innehalten.

Vielleicht könnte er es tun, wenn er das Bild umdrehte.

Was für eine egoistische Tat, dachte er, etwas um seines persönlichen Seelenfriedens willen zu vernichten, das von Rechts wegen der ganzen Welt gehörte. Ein Steinchen im universellen Mosaik der schönen Künste. Eine Tat, die genauso grausam wäre wie jede, die sein Vater verübt hatte.

Nein. Nichts könnte je so grausam sein. Nicht nur der Akt des Plünderns – ein kleiner Diebstahl ohne großes Risiko hinter der Front –, nicht nur, daß sein Vater sie aus ihren Verstecken getrieben hatte, sondern das ganze Netz, das damit zusammenhing. In den Protokollen des Eichmann-Prozesses hatte er gelesen: »Die legale Verantwortung jener, die das Opfer seinem Tod ausliefern, ist in unseren Augen nicht geringer als die Verantwortung derjenigen, die das Opfer töten«, und er hatte zugestimmt.

Als er jetzt vor dem Feuer hockte, kam ihm der Gedanke: Wenn das Bild kein echter Vermeer war – schließlich gab es keine handfesten Beweise –, könnte er es doch tun, nicht wahr? Er könnte das Ding verbrennen, die ganze leidige Angelegenheit hinter sich bringen, damit seine blankliegenden Nerven ein für alle Mal Ruhe gäben.

Wäre es aber nicht echt, dann würde sich auch die

Monstrosität des Verbrechens relativieren. Warum sollte er sich nicht an dem Gemälde erfreuen? Himmlisch war es allemal. Er blickte wieder auf das honigfarbene Profil, das noch nicht von Grausamkeit oder Weisheit gezeichnet war. Ihre Kehle war von der Wärme des Sonnenlichts benetzt, das ins Zimmer flutete. Die wächserne Müßigkeit ihrer Hand. So herrlich, daß es ein Vermeer sein mußte. Er hatte dafür mit seiner Einsamkeit bezahlt. Er empfand es als Ungerechtigkeit, während er das Mädchen betrachtete, daß sie nie als eine Schöpfung Vermeers bekannt werden würde. Er mußte Richard so weit bringen, zuzugeben, daß es ein Vermeer war, und dann würde er es tun, an einem anderen Tag. Versprochen.

Trotz seiner Gemälde befand sich Vermeer unter den Toten. Wie sein Vater, und der Junge. Cornelius' Leben, wie das jener Menschen, wie Merrills, war bemessen. Er brauchte die Bestätigung, daß seine Jahre der beklemmenden, einsamen Ängste nicht umsonst gewesen waren. Er hatte sich selbst so sorgsam aufgebaut: sich keine engen Freunde erlaubt, die man selbstverständlich zu sich nach Hause einlud. Mathematik unterrichtet, was ihm weniger lag, anstatt Geschichte, wegen der Dinge, über die er gezwungenermaßen hätte diskutieren müssen. Darauf bedacht zu sein, Menschen aller Rassen und Religionen gleich zu behandeln. Alles in sich zu unterdrücken, was ihm als grausam oder stur oder deutsch ausgelegt werden könnte – und nun war da dieses brennende Verlangen, das die Schale seines pedantisch konstruierten Ichs zu zerbrechen drohte. Die Sehnsucht danach, daß man ihm glaubte, vertrug sich nicht mit dem, wovor er sich am meisten fürchtete, nämlich durch Blutsverwandtschaft an der größten Grausamkeit seines Jahrhunderts beteiligt zu sein. Er mußte riskieren, entdeckt zu werden, nur wegen der reinen Wonne, sich mit einem anderen Menschen an der Lumineszenz ihres Auges zu ergötzen. Einen Tag lang sich ergötzen, und dann würde er sich von dem Gemälde befreien. Versprochen.

Aber Richard glaubte nicht daran. Als er am Vorabend gegangen war, hatte er gesagt: »Ob es nun ein echter Vermeer ist oder nicht, es ist ein wunderbares Gemälde.« Wunderbares Gemälde, wunderbares Gemälde. Das genügte nicht. Es gab Hunderte von wunderbaren Gemälden allein in dieser Stadt. Das hier war ein *Vermeer*. Nichts Geringeres aus Richards Mund würde ihn zufriedenstellen. Er brauchte einen wahrhaftigen Grund, warum er sein Leben so und nicht anders gelebt hatte. Die Möglichkeit, daß er grundlos gelitten hatte, war wie eine Stimme, die die Kraft besaß, ihn aus einem Traum zu wecken. Nur daß der Traum ihn mit festem Griff gepackt hielt, wie bei einem Kind, das weinend aus dem Schlaf schreckt, und er wollte seinen Traum nicht aufgeben.

Richard hatte das Werk bewundert. Er war vielleicht nur eine Pinselhaaresbreite davon entfernt, an seine Echtheit zu glauben. Die Erleichterung, es mit einem Menschen zu teilen, der nicht lachte, war zu verlockend. Warum er es nicht schon vor Jahren getan hatte, wußte er nicht. Jahre hatte er damit verschwendet, sich wie ein alter Knauser an das Bild zu klammern und einen Vater zu schützen, der nie jemanden geschützt hatte. Er wollte mehr. Zum ersten Mal konnte er sich vorstellen, alles zu erzählen, die Geschichte des Bildes und die Rolle, die sein Vater dabei gespielt hatte, damit Richard ihm glauben würde. Hier, direkt vor dem Gemälde, würde er sie ihm mit leuchtenden Augen erzählen, um nicht sterben zu müssen. Er würde nicht vor Scham sterben.

Er wiederholte den Satz immer wieder – *Ich werde nicht sterben* –, während die Flammen die Kohlen niederbrannten.

Das Gemälde fesselte mich mit einem seltsamen Band an Cornelius. Es war zwar unwiderstehlich, aber es lag kein Segen darauf, so daß der Gedanke an jenen seltsamen, konspirativen Abend und sein störrisches Beharren mir immer noch zusetzte, wenn ich ihn morgens im Postraum der Lehrer traf. Ich kam mir vor, als hätte man mich am Ärmel gezupft und mir befohlen, ihm in das gefährliche Gewässer der Urteilsfindung zu folgen, das sich ebensogut gegen mich auftürmen könnte.

Wir kommunizierten in einer Art Codesprache. Eines Tages fragte ich ihn, nicht um ihn zu ärgern, sondern aus rein ästhetischem Interesse: »Würden Sie sich weniger daran erfreuen, wenn Sie wüßten, daß es nicht echt ist?«

»Aber es ist echt.«

»Ja, aber nehmen wir an, es wäre nicht der Fall?«

»Darüber brauche ich gar nicht nachzudenken. Ich weiß, daß es echt ist.«

Seine übersteigerte Sicherheit irritierte mich.

Ich hatte den entschiedenen Eindruck, daß er mit sich und der Welt nicht im reinen war, und ich wußte, daß es mit diesem Gemälde zu tun hatte. Ich las ein wenig in der Literatur nach, redete mit meinem Kunsthistoriker-Freund, und eines Freitagnachmittags fragte ich ihn auf dem Parkplatz der Schule: »Wußten Sie, daß ein holländischer Maler namens van Meegeren in den dreißiger Jahren ein paar Vermeers gefälscht hat?« Ich sah, wie er neben seinem Auto erstarrte. »So meisterlich, daß er die Kunstkritiker und Kustoden täuschen konnte?«

»Ja, das ist mir bekannt.« Cornelius machte sich steif.

»Und wissen Sie, wie sie ihm auf die Schliche kamen? Er hatte diesem Nazi Göring ein paar davon verkauft, woraufhin ihn die holländische Regierung wegen Hochverrats verhaftete – Kollaboration mit dem Feind, weil er niederländische Meister aus dem Lande geschmuggelt hat, geradewegs in den Reichstag. Daraufhin hat er gestanden.«

Cornelius' Augen schossen zu seinem Auto, wo er mit zittriger Hand versuchte, das Schlüsselloch zu finden. Dieses Beben sagte mir, daß ich unverhofft auf etwas gestoßen war. Vielleicht hatte er die ganze Zeit gewußt, daß es nur ein van Meegeren war, und wollte mich bloß an der Nase herumführen, oder es mir zu einem Wucherpreis verkaufen. Ein Freund mochte vielleicht darüber hinwegsehen, aber wir waren nur Kollegen und hatten uns beide, der Mathematiker wie der Künstler, der Wahrheit verschrieben. »Ich würde es gern noch einmal sehen, wenn Sie nichts dagegen hätten«, sagte ich.

»Jederzeit«, sagte er, die Zuvorkommenheit in Person, und machte Anstalten, in seinen Wagen zu steigen.

»Warum nicht gleich?«

Er blieb einen Augenblick regungslos stehen, um sich zu sammeln, wie mir schien. »Natürlich, warum nicht, Sie haben ganz recht.«

Bei Tageslicht war das Gemälde sogar noch herrlicher als in meiner Erinnerung. Wie in Trance sank ich in den Sessel. Der Schimmer des Glases mit der Milch, das wie die Oberfläche einer Perle leuchtete, überzeugten mich – das war nicht das Werk eines Imitators. Aber Cornelius' selbstgefälliges Gehabe der vergangenen Wochen machte mich bockig.

Obwohl er im Moment nichts von dieser Blasiertheit an sich hatte. Er schien nichts zu empfinden als den intensiven Genuß an dem Bild. Liebevoll verschlangen seine Augen dessen Oberfläche, mit einer Imtimität, die ich zuvor in seinem mit Fakten gespickten Wortschwall nicht wahrgenommen hatte. Wenn je ein Mann ein Kunstwerk geliebt hatte, dann war dieser Mann Cornelius. Sein Gesicht leuchtete voll derselben Hingabe, die ein Pilger der Ikone seines Gottes entgegenbringt.

»Ich würde es ja gern glauben. Ich will Ihnen auch nicht Ihren Glauben nehmen. Aber über allem schwebt nach wie vor die entscheidende Frage.«

»Die da wäre?«

»Cornelius, Sie und ich sind Lehrer. Unsere Väter waren keine Millionäre. Solange Sie mir nicht sagen, wie er an das Gemälde gekommen ist, weiß ich wirklich nicht, wie –«

Das Strahlen wich aus seinem Gesicht.

Ich ließ die Andeutung im Raum stehen und nahm einen Schluck von dem Bier, das er mir gebracht hatte. Er leerte seins in einem langen, nachdenklichen Zug und hielt noch, nachdem er sie abgesetzt hatte, scheinbar schutzsuchend die Flasche fest. Ich wartete.

»Ich bin in Duisburg aufgewachsen, nahe der holländischen Grenze ...«, begann er und heftete den Blick die ganze Zeit auf das Mädchen, als würde er, während er über seine Kindheit sprach, aus ihrer Ruhe Kraft schöpfen.

»Und nachdem ich hier in diesem Land an der High-School eine Geschichtsstunde lang Blut und Wasser schwitzen mußte, fragte ich ihn, der eindringlichen Ermahnung meiner Mutter zum Trotz: ›Was hast du im Krieg gemacht, Vater?‹ – ›In Amsterdam gearbeitet‹ war alles, was er sagte. Ganz als wäre es irgendein Job gewesen. ›Ja, aber was hast du da genau gemacht?‹ fragte ich. ›Ich habe ein Recht

42

darauf, es zu erfahren.‹ – ›Habe sie zu den Zügen gebracht‹, sagte er.«

An dieser Stelle wandte mir Cornelius das Gesicht
zu.

»Er hat mich ins Yankee-Stadion mitgenommen.
Hat mir die Hand in seiner Tasche warmgehalten.
Hat meiner Mutter Narzissen gepflanzt. Hätte ich
nur weinen können, hätte er mir das Weinen doch
nur nicht so gründlich ausgetrieben … danach war
er für mich nie mehr derselbe.«

Seine Augen wurden trüb wie geschmolzenes
Glas, als er mir von dem Jungen in dem Geschirrschrank erzählte, und seine Stimme bekam einen
harten Unterton, als er das verschwundene Teeservice erwähnte. Als er von seinem Versuch sprach, das
Bild zu verbrennen, schlotterte er am ganzen Leibe,
und schließlich brach er völlig erschöpft an seinem
Schreibtisch zusammen.

Schlimmer, hundertmal schlimmer als ich gedacht
hatte. Daß er versucht hatte, das Gemälde zu zerstö-
ren, konnte ich kaum glauben. Daß er hoffte, mit einem solchen Akt Buße tun zu können, ekelte mich
an. Ich konnte, wie ich leider feststellen mußte, trotz
seiner Seelenqualen keinerlei Großzügigkeit oder
Barmherzigkeit gegenüber diesem Mann empfinden.

Er klammerte sich mit beiden Händen an die Ecke
seines Schreibtischs und beugte sich zu mir herab.
Seine Stirn über jener Hakennase war vor Pein zer-
furcht. »Sie werden doch … den anderen in der
Schule nichts davon erzählen, nicht wahr? Denn wis-

sen Sie, jetzt da Sie … jetzt da ein Mensch auf der Welt es gesehen hat, hat es sich doch gelohnt, finden Sie nicht?«

Seine Oberlippe zuckte auf widerwärtige Weise, wie von einer Schnur gezogen. In dem Moment wurde mir klar, warum er gerade mich eingeweiht hatte. Er glaubte, daß ein Künstler verzeihen würde, aus Hochachtung vor dem Werk, und wenn ich verzeihen würde, dann könnte das Gemälde weiterleben.

»Was geschah mit dem Jungen?«

Er stotterte einen Moment lang, unfähig, in Worte zu fassen, was wir beide wußten.

»Wie sagt man doch so schön, Cornelius? Ein Brandopfer soll man mit einem Brandopfer vergelten.«

Ich ließ ihn zusammengekauert dort zurück, warf noch einen Blick auf das Gemälde, in der Gewißheit, daß es mein letzter war, und sah zu, daß ich so schnell wie möglich hinauskam. Armer Irrer, sich sein Leben für ein mit mineralischen Pasten beschmiertes Stück Leinen zu ruinieren, für eine Fälschung, so mußte ich mir einreden, für eine bloße Kuriosität.

Wie er mir angesichts dessen, was ihm nun zu tun blieb, am Montagmorgen ins Gesicht sehen wollte, und ich ihm, wußte ich nicht.

ZWEITES KAPITEL

Eine Nacht,
anders als alle anderen
Nächte

Am Vortag hatten Hannah Vredenburg und ihr kleiner Bruder Tobias zugesehen, wie ihr Vater die Tauben seines Geschäftspartners losschickte, zurück in ihr heimatliches Antwerpen. Eine nach der anderen hatte er sie, mit einem kleinen zeitlichen Abstand, im Dunst des frühen Morgens aus ihrem Schlag auf dem Dachboden davonfliegen lassen, damit nicht ein zufällig vorbeigehender Offizier etwas bemerken und sich die Hausnummer notieren könnte. Die Verordnung, die den Juden Amsterdams die Taubenhaltung untersagte – eigene oder die anderer –, war seit acht Monaten in Kraft, und Hannah wußte, daß es zu gefährlich wurde, sich ihr immer noch zu widersetzen. Die Vögel jetzt noch bei dem deutschen Polizeirevier abzuliefern, wie es in der Verordnung gestanden hatte, würde andererseits nur unangenehme Folgen für sie haben.

»Schnell, Hannah, bevor Tobias heraufkommt«, hatte Vater gesagt und ihr Papier und Bleistift gegeben, mit stark zitternden Händen, die nicht mehr in der Lage waren zu schreiben. »Hier, schreib auf. Schreib klein.« Es war die Nachricht, die in die winzige Hülse des letzten Vogels seines Partners gesteckt werden sollte. »Töten Sie meine Tauben«, flüsterte er und machte zwischen den Sätzen eine Pause. »Ich kann nicht von Ihnen erwarten, daß Sie sie während der gesamten Dauer füttern. Bringen Sie sich nicht in Gefahr, indem Sie sie fliegen lassen, sondern sorgen Sie bitte dafür, daß sie sich vorher noch einmal satt essen. Leo mit den lila Flügelspitzen mag am liebsten Linsen. Henriette, das blaugebänderte Weibchen, läßt sich gern am Kopf kraulen. Das ist die letzte Nachricht, bis alles vorbei ist, so Gott will. Uns geht es gut. Mögen Sie sicher sein.«

Die letzte! Noch als sie die letzten vier Worte auf den kleinen Zettel quetschte, fühlte Hannah ein verzweifeltes Flattern im Inneren ihres Brustkorbs.

»Soll ich deinen Namen daruntersetzen?«

»Nein.«

Sie faltete den Zettel, gerade als Tobias im Schlafanzug die Leiter heraufgeklettert kam.

Vater klaubte die Tauben seines Partners auf, hielt eine nach der anderen behutsam fest, damit Tobias sie ein letztes Mal streicheln konnte, faßte sie vor der Brust und warf die Arme hoch, schleuderte sie so in die Luft. Sie reichte Vater die zusammengefaltete Nachricht, die er unauffällig in die Hülse des letzten

Vogels schob. Sie sah zu, wie er den Hinterkopf des Vogels küßte, einen kleinen Moment lang, mit geschlossenen Augen, und dann die letzte Taube gen Himmel schickte.

Sie sah diesem letzten befreiten Flügelflattern zu, als der Vogel sich über die spitzen Dächer in Richtung seines heimatlichen Antwerpen aufschwang. Eine Flucht, die keine war. Antwerpen, Amsterdam – was war da für ein Unterschied?

Als sie am nächsten Tag von der Schule nach Hause kam, sah sie Henriette, Leo und ihre beiden anderen Tauben unter dem Giebel ihres Hauses hin und her fliegen, und beim Versuch, in ihren eigenen Schlag zu gelangen, am Dach herumpicken. Sie fühlte, wie ihr der Atem stockte und ihr schwarz vor Augen wurde: Die Nachricht war zu spät eingetroffen. Der Geschäftspartner ihres Vaters hatte die Tauben ihrer Familie schon auf den Weg geschickt. Sie rannte ins Haus, stieg hastig die Stufen der Leiter hinauf und ließ sie in den Schlag hinein. Die Nachrichten, die sie mitbrachten, berichteten von der deutschen Übernahme des Antwerpener Diamantenhandels. Hannahs Finger wurden klamm, und sie fühlte, wie sich ihr die Kehle zuschnürte, als sie ihnen ihre Hülsen abnahm. Sie wußte sofort, was getan werden mußte. Es war nur eine Frage der Zeit. Wie lange würde es dauern, bis auch Tobias das verstand?

An jenem Abend stand sie auf der Leiter und schaute in den Taubenschlag auf dem Dachboden, während ihr Vater im Schneidersitz auf dem Boden des Verschlags saß und zärtlich mit seinen Vögeln sprach, und mit Tobias. »Leo. Leo. Was für ein Vogel. Ein Vogel, der einen Stein von zwei Karat in seiner Hülse transportieren konnte und nicht einmal das Gewicht gespürt hat. Erinnere dich an seine Treue, Toby.«

Da weinte sie und klammerte sich an die oberste Sprosse der Leiter, um kein Geräusch zu machen. Vaters Worte würden Tobias vielleicht vermitteln, was zu tun war. Er müßte nicht ermahnt werden, sich an Leos Treue zu erinnern, wenn Leo am Leben bleiben dürfte. Sie sah, wie Tobias einen Moment Vater fragend anschaute. Dann streichelte er wieder die grauen Brustfedern der Tauben, während er sie aus seiner offenen Hand mit Gerstenkörnern fütterte. Aber er kicherte nicht wie üblich, wenn ihn Leos rosa Zehen am Arm kitzelten. Hannah schlich sich wieder hinunter.

Es war schrecklich, daß man sie nicht einfach freilassen konnte. Das wäre das angemessene an Pessach gewesen, aber die Freiheit würde sie nur verwirren, dachte sie, verängstigen angesichts der trüben Aussicht, in Südamsterdam ein Fitzelchen Nahrung zu finden. Sie würden doch nur am Giebel des Hauses herumpicken und versuchen, wieder in ihren Schlag zu gelangen. Und damit wäre offensichtlich, daß sie zu diesem Haus gehörten.

Beim Frühstück am nächsten Morgen fragte sie: »Passiert es heute?«

»Bald.« Einen Moment lang legte Vater ihr sanft seine große Hand auf den Kopf.

Das ganze Haus wartete atemlos auf das Herannahen des Pessach-Festes, auf die Nacht, die anders ist als alle anderen Nächte. Mutter und Großmutter Hilde hatten die Küchenschränke geputzt, die Speisekammer, den Herd, den Eisschrank, und nun waren sie dabei, die Regalbretter der Anrichte sauberzumachen und das silberne Teeservice hineinzustellen, um oben Platz für das Pessach-Geschirr zu schaffen. Hannah saß auf einem Stuhl und betrachtete das Gemälde über der Anrichte. Es stellte ein Mädchen in ihrem Alter dar, das beim Nähen aus dem Fenster schaute. Die Art, wie sie sich nach vorn lehnte, als sei ihre Aufmerksamkeit von irgendeiner Sache in Anspruch genommen, und die starke Sehnsucht in ihrem Blick bezauberten sie jedesmal, wenn sie das Bild ansah. Das Mädchen arbeitete nicht, jedenfalls nicht in diesem Moment. Ihre Hände waren entspannt, und die Knöpfe auf dem Tisch, die aussahen wie flache Perlen, waren noch anzunähen, denn das, was sie im Inneren beschäftigte, war wichtiger. Hannah konnte das verstehen.

Während eines Ausflugs, den sie beide allein unternahmen, hatte Vater vor einigen Jahren das Gemälde erstanden. 1940, kurz vor ihrem elften Geburtstag. Er hatte Versammlungen vom Comitee voor Joodsche Vluchtelingen besucht, jüdischen Flüchtlingen aus Deutschland, im Café Rotterdam neben der Diamantenbörse, und sie zu einer Auktion mitgenommen, wo Familien Gemälde, Vasen, Schmuck und Orientteppiche gespendet hatten. Andere Familien konnten sie ersteigern, so daß Geld für die Flüchtlingshilfe zusammenkam. Es sei von entscheidender Wichtigkeit, daß die Regierung nicht für die Kosten zur Unterstützung armer Juden aufkommen müsse, hatte er gesagt. Als dann das Gemälde zum Verkauf anstand, stockte ihr der Atem. Das Gesicht des Mädchens auf dem Gemälde leuchtete beinahe, die blauen Augen, die Wangen und Mundwinkel strahlten und glänzten, und das Licht strömte von dem Mädchen durch den Raum direkt auf sie zu. Sie erschien ihr wirklicher als die Anwesenden im Raum.

Als Vater ein Gebot machte, hielt Hannah erstaunt die Luft an. Er bot erneut. Er ergriff ihre Hand, als das Gebot über zweihundert Gulden gestiegen war; sie drückte die seine, als es über dreihundert kletterte. Je höher gesteigert wurde, desto fester drückte sie zu, bis sie, als er das entscheidende letzte Gebot machte, »Papa!« rief und den ganzen Heimweg über seine Hand nicht mehr losließ. Daß Vater das Gemälde gekauft hatte, schien das Mädchen in einer Weise zu ehren, die Hannah das Gefühl verlieh, ihrer würdig zu sein.

Im gleichen Moment, als sie mit dem noch verpackten Bild eintraten, richtete Mutter sich auf und schaute von ihr zu Vater. Es war, als wüßte sie, daß etwas Bedeutendes geschehen war. Hannah erinnerte sich, wie beschwingt sie sich fühlte, als sie durch die einzelnen Räume schritt und nach einer geeigneten Stelle suchte, bis sie sich schließlich für den Platz über der Anrichte im Eßzimmer entschied. Sie wickelte das Gemälde aus und hielt es hoch. »Schau, Mamele, ist es nicht wunderschön?« Kerzengerade hatte sie am Eßtisch dem Bild gegenübergesessen, genau dort, wo sie auch jetzt saß, und sie war die letzte gewesen, die in jener Nacht zu Bett ging.

Tobias kam durch die Eingangshalle herein. »Hannah, ist das nicht interessant?« In der Hand hielt er ein Blatt, das der Frühling eben erst hervorgebracht hatte. »Auf dieser Seite hat es vierundzwanzig Zakken, aber auf der anderen nur einundzwanzig«, sagte er. »Warum?«

Der neunjährige Tobias war voller Fragen. Er liebte Spinnweben und das Zirpen der Grillen, er unterhielt Motten- und Käfersammlungen, besaß eine kleine grüne Schildkröte und ein Kaninchen namens Elias, und ein Notizheft, in dem er seine Naturbeobachtungen aufzeichnete. Die vier Jahre Altersunterschied machten sie in seinen Augen allwissend, aber sie wußte nie, was sie sagen sollte. Sie konnte nicht dieselbe Begeisterung aufbringen wie er. »Ich weiß nicht, Toby. Manche Dinge sind eben verschieden, denke ich.«

In diesem Moment bat ihn Mutter, den Taubenschlag von *Chametz* zu säubern, also von Gerste, Erbsen, Linsen, allem Korn, das bei Feuchtigkeit aufquillt. Das Heim von Gesäuertem zu befreien war ein Akt des Erinnerns, für Pessach. Mutter gab ihm nur ein paar getrocknete Kartoffelschalen als Ersatzfutter für die Vögel, da sie inzwischen dazu übergegangen war, die Suppe damit anzureichern.

In der momentanen Stille, als nur das Gurren der Tauben zu hören war, das durch den offenen Luftschacht nach unten drang, und das Geräusch des feuchten Lappens ihrer Mutter, mit dem sie über ein Regalbrett wischte, sah Hannah, wie sich Bestürzung über Tobys Gesicht breitete. Er starrte die Schalen in seiner Hand an und schaute dann zu ihr auf.

»Und was sollen sie morgen essen?« fragte er.

Das war schon wieder eine Frage, die sie nicht beantworten konnte.

Sein Blick verdüsterte sich, seine klare Stirn legte sich in Falten, und einen Augenblick stellte sie sich ihn als alten Mann vor. Er weiß, daß ihn die Schalen nur beschwichtigen sollen, dachte sie. Wenn er die Tauben nicht leiden sehen sollte, dann mußte es schnell geschehen. Sie sah, wie die Verwirrung seine Schultern niederdrückte und seine Augen feucht werden ließen. Sie streckte eine Hand nach ihm aus, um ihn in den Arm zu nehmen. Er entwand sich. Schluchzend rannte er den Flur entlang und kletterte die Leiter zum Taubenschlag hinauf. Sie fühlte, wie etwas Namenloses ihr das Herz zusammenschnürte.

Sobald er fort war, sagte Hilde zu Mutter: »Schrecklich, ein Kind so zum Weinen zu bringen.« Jedesmal, wenn jemand den Raum verließ, hatte Hilde etwas über den Betreffenden zu sagen. Um ihren Worten

Nachdruck zu verleihen, trommelte Hilde mit den Fingernägeln auf die Anrichte. »Laß Hannah den Verschlag saubermachen.«

»Er liebt diese Vögel, Hilde. Laß ihn zu ihnen gehen. Laß ihn trauern. Dieses Jahr wird er die Geschichte von Pessach verstehen.«

Mutter attackierte förmlich die Fächer der Anrichte. Man hatte tatsächlich den Eindruck, als würde sie in diesem Jahr Böden und Regalbretter grimmiger schrubben als sonst. Dabei war es doch unglaublich, daß sie bei alledem, was ringsherum geschah, überhaupt mit dem Saubermachen weitermachte.

Hilde drehte sich zu Hannah herum und fuhr sie an: »Warum hilfst du deiner Mutter nicht?«

Hannah zuckte die Achseln und ließ einen zusammengeknüllten Papierball an einer Schnur vor Tobys Katze baumeln. Das Auskochen des Silbers, die Reinigung der Küche, die Zubereitung des Essens, das alles interessierte sie nicht mehr.

»Das ist keine Antwort.«

»Ich habe keine Lust.«

»Keine Lust, sagt sie. Was heißt denn Lust? Man tut es einfach.«

»Jeder tut ein bißchen, Hannah«, sagte ihre Mutter. »Willst du denn nicht helfen, das Besteck zu kochen?«

»Jeder muß arbeiten«, sagte Hilde. »So ist das Leben. Arbeit und ein wenig Spiel und viel Gebet. Deine Urgroßmutter Etty hat ihre Arbeit am Antriebsrad verrichtet, weißt du. Dreißig Jahre lang ist sie immer im Kreis um den Göpel gelaufen, um die Schleifscheibe ihres Mannes zu bedienen, bis sie eine Rinne im Boden ausgetreten hatte. Ohne zu klagen, hat sie so gearbeitet, bis sie 1867 –«

»Durch ein Pferd ersetzt wurde. Ich weiß. Das hast du mir schon bei deinem letzten Besuch erzählt.«

»Und wenn schon! Deiner Mutter zur Hand zu gehen ist nichts im Vergleich dazu. Du willst doch einmal heiraten, nicht wahr? Du mußt lernen, wie man diese Dinge tut. Oder willst du lieber als alte Jungfer in einer muffigen Manufaktur enden und dich ausbeuten lassen? Edith hat mir erzählt, daß du deine Schulaufgaben auch nicht machst. Daß du nicht gern zur Schule gehst. Das ist unverzeihlich. Willst du etwa zurück an die Schleifscheibe?«

Hannah zuckte wieder die Achseln. Vielleicht wäre das gar nicht so schlimm. Solange man sie in Ruhe ließ.

»Was glaubst du wohl, wofür wir all die Jahre so schwer gearbeitet haben? Damit du einmal Zigarren drehst? Oder hausieren gehst? Denn weißt du, das sind die Arbeiten, die für Juden übrigbleiben, die sich nicht anstrengen.«

Hannah schaute auf Hildes graue Filzschlappen, die wie zwei schwanzlose Ratten auf sie gerichtet waren.

»Dein Vater hat in unserer Familie die erste Generation von Diamantenhändlern begründet, nach einer langen Reihe von Diamantenschleifern. Bedeutet dir das gar nichts?«

Aus den Augenwinkeln konnte Hannah das Unbehagen ihrer Mutter sehen. »Gehst du wenigstens zum Laden und besorgst Petersilie und das Ei?« fragte Mutter. »Sal Meyer hat mir ein Lammstück zurückgelegt. Es ist ein wunderschöner Tag. Die Linden an der Scheldestraat tragen bestimmt schon frisches Grün. Bürste dein Haar und mach dich auf den Weg.«

Wortlos zog Hannah ihre ausgefranste, rostbraune Wollstrickjacke mit dem steifen neuen Stern über, aber nachdem Mutter ihr das Geld gegeben hatte, trödelte sie so sehr, daß Hilde in gerechtem Zorn auffuhr und erst Hannah, dann Mutter und dann wieder Hannah wütend ansah. Einen kurzen Augenblick wagte sie es, den wütenden Blick zu erwidern, bevor sie in die Diele trat und die Tür einen Spalt offenließ, um zu lauschen.

Hilde wartete nicht länger als ein paar Sekunden. »Dieses Mädel! Sie arbeitet nicht. Sie redet nicht. Kannst du sie nicht zum Sprechen bringen?«

»Wie soll ich sie zum Sprechen bringen. Sag es mir. Ich bin sicher, du weißt, wie das geht.«

»Sie hat keine Interessen. Keine Freunde. Gestern abend habe ich sie gefragt, was sie letzten Winter gemacht hat, da sagte sie: ›Nichts.‹ Ob sie überhaupt denken kann?«

»Hilde, sei nicht so hart. Wir werden vielleicht nie erfahren, was sie denkt, aber denken tut sie ganz gewiß.«

»Du solltest sie dazu anhalten, sich mehr zu beteiligen.«

»Glaubst du, nur weil ich ihre Mutter bin, kann ich sie neu schaffen? Du bist ihre Großmutter. Versuch du es doch. Sie ist, wie sie ist.«

»Faul und apathisch.«

»Hattest du denn in ihrem Alter nie das Bedürfnis, einfach nur dazusitzen und nachzudenken? Ja glaubst du denn nicht, daß ich mich nicht jedesmal frage, bevor mich gnädigerweise der Schlaf übermannt, was ich getan beziehungsweise nicht getan habe, daß sie so geworden ist? Was ich an einem mir unbekannten, entscheidenden Tag zu sagen unterlassen habe? Sag mir, Hilde, auf welche Weise habe ich nicht genug geliebt? Sag es mir.«

Hannah hielt den Atem an. Sie pulte Farbe vom Holz des Türrahmens.

»Ich weiß nur eins, Edith, daß du irgend etwas unternehmen mußt, sonst wird es ihr an Kraft fehlen. Warum erlaubst du ihr, so verstockt zu sein?«

»Erlauben? Ja denkst du denn nicht, ich würde mich nicht Nacht für Nacht sorgen, daß es vielleicht gar nichts gibt, das sie sich sehnlichst wünscht? Denkst du denn, ich wüßte nicht, was das in diesen Zeiten bedeutet?«

Hannah wandte sich zum Gehen und schloß die Haustür so geräuschvoll, daß sie es hören konnten. Es war ihr egal.

Das war nicht wahr. Es gab Dinge, die sie sich wünschte. Beziehungsweise sie wünschte sich, sich Dinge wünschen zu können, sogar Dinge lieben zu können, genauso sehr wie Toby jedes lebende Wesen liebte. Nur konnte sie nicht sagen, was es war. Das war mittlerweile unmöglich geworden. Sich irgend etwas zu wünschen schien verrückt zu sein.

Außerdem hatte sie eine Freundin. Marie.

Das ganze letzte Jahr hatte ihr Marie in der Schule Zettel geschrieben. Auf dem letzten stand, daß Marie an jenem Tag nach der Schule nicht den Heimweg mit ihr teilen konnte, weil sie auf ihren kleinen Bruder aufpassen müsse, aber am Tag darauf gingen sie auch nicht mehr zusammen, oder überhaupt je wieder. Inzwischen besuchten sie verschiedene Schulen, und als sie Marie einmal auf der Straße außerhalb des Grachtenviertels begegnete, tat Marie so, als würde sie sie nicht sehen. Inzwischen verließ Hannah das Grachtenviertel nicht mehr, damit sie Marie nicht noch einmal treffen und das Ganze ein zweites Mal erleben müßte. Und ob ihr manche Dinge wichtig waren.

Wenigstens nahm Mutter sie in Schutz. Ein bißchen. Außer bei der Sache, als sie sagte, warum sie so geworden sei. Als würde irgendwas nicht mit ihr stimmen. Was fehlte ihr?

Sie stieß einen langen Seufzer aus. Sie mußte sich die Nase putzen, hatte aber kein Taschentuch dabei, darum schniefte sie nur und wischte sich die Nase mit der Hand ab.

Die Linden trugen tatsächlich frisches Grün, das sich gerade entfaltete. Wozu? dachte sie. Sie trat auf dem Bürgersteig nach einem Kieselstein und sah dann, wie ihr zwei deutsche Offiziere entgegenkamen. Einen Augenblick lang blieb die Welt stehen, bis auf den Kieselstein, der klappernd auf einen schwarzen Stiefel mit hohem Schaft zurollte. Ihr Herz erstarrte zu Eis. Etwas Feuchtes näßte ihre Unterhose. Die Männer unterhielten sich laut und schienen den Kieselstein nicht zu bemerken, nicht einmal Hannah. Sie machten keine Anstalten, ihr auf dem schmalen Bürgersteig auszuweichen. Im letzten Moment trat sie auf die Straße, um sie vorbeizulassen, und verknackste sich dabei den Knöchel.

Es geschahen Dinge. Dinge, die gewaltiger waren als die Vorbereitungen zu Pessach. Hinter dem Kerzenschein lauerten Dinge. Dinge. Nichts war mehr wie früher. Hilde führte sich auf, als lebten sie noch zu Urgroßmutter Ettys Zeiten.

Nicht so Vater. Er wußte Bescheid. Vielleicht behandelte er sie darum so milde. Sie wußte, daß es ihn zutiefst verbitterte, daß sie nicht für die Schule lernte, aber wenn der Sabbatnachmittag kam, hatte er es wieder vergessen. Er unternahm lange Spaziergänge mit ihr. Sie ließen Toby und seine Schwatzhaftigkeit zu Hause, liefen an den Kanälen des Grachtenviertels entlang, wo er ihr an der Ecke Vrijheidslaan und Vechstraat eine Gurke aus dem Holzfaß kaufte oder sie in Kokos Eissalon einlud. Oder er nahm sie zu Sonntagskonzerten auf der Plantage Middenlaan mit, oder ins Rijksmuseum. Und, an jenem herrlichen Tag, zu der Auktion. Unterwegs erkundigte er sich nach ihren Schulkameraden, dem Unterricht, um sie zum Reden zu ermuntern. Einmal hatte sie versucht, ihm von Marie zu erzählen, aber sie war außerstande gewesen, die Worte herauszubringen. Hinterher wirkte er immer so müde, wenn er dann die Schuhe auf den Fußboden des Schlafzimmers fallen ließ und sagte, wie sie einmal mitgehört hatte: »Vielleicht ein kleiner Fortschritt, Edith.«

Jetzt wurde ihr klar, weshalb sie das Mädchen auf dem Gemälde so liebte. Es war ihre Stille. Ein Gemälde konnte schließlich nicht reden. Dennoch hatte sie das Gefühl, daß dieses Mädchen, das in einem Zimmer saß, aber hinausblickte, wahrscheinlich von Natur aus still war, genau wie sie. Was aber nicht hieß, daß sich das Mädchen nichts wünschte, wie Mutter über Hannah gesagt hatte. Ihr Gesicht sagte ihr, daß sie sich wahrscheinlich etwas so Inniges oder Abwegiges wünschte, daß sie niemals wagen würde, ein Sterbenswörtchen davon zu sagen, daß sie aber dort am Fenster daran dachte. Und es sich nicht nur wünschte. Sie war in der Lage, etwas Großartiges, Verrücktes, Herzensgutes zu tun. O ja.

Hannah ließ sich mit ihren Besorgungen Zeit, sie wollte nicht gleich nach Haus gehen. Vor den Lebensmittelläden standen die Menschen Schlange bis hinaus zur Straße, obwohl die Auslagen in den Schaufenstern noch kärglicher waren als in der letzten Woche. Nach vier Läden trat sie wieder auf den Boulevard hinaus.

Da sah sie sie.

Wieder eine Familie mit dem gelben Stern, die Kof-

fer trugen und mitten auf der Straße die Scheldestraat hinuntergetrieben wurden.

Nach Westerbork. Diesen Ort.

Warum gerade diese Familie? fragte sie sich.

Als sie vorbeigingen, schaute sie ein kleiner Junge
für den Bruchteil einer Sekunde aus verängstigten
Augen an. Sie senkte rasch den Kopf und lief weiter.
Ein Schmerz schnürte ihr die Brust ab. Den Blick zu
ignorieren schien ihr dieselbe Form von Verrat zu
sein, den Marie an ihr begangen hatte. Sie bog in die
Rijnstraat ein und lief so schnell nach Hause, daß sie
Seitenstechen bekam.

Versehentlich ließ sie die Tür zuschlagen, als sie
eintrat. »Es gab keine Petersilie, darum habe ich Sellerie gekauft, aber ein Ei war nirgendwo zu bekommen.«

»Kein Ei? Warst du bei Ivansteen?« fragte Mutter.

»Und noch drei anderen Läden auf der Scheldestraat.«

»Was sollen wir nur machen? Da kommen diese
armen heimatlosen Flüchtlinge, und wir haben nicht
einmal einen gefüllten Sederteller.«

»Das spielt doch keine Rolle. Es ist nur noch eine
Frage der Zeit, dann spielt alles keine Rolle mehr.«

»Hannah! Sag das nicht. Sag so etwas nie wieder.«

»Was ist passiert?« Hilde nahm ihr den Lamm-
knochen ab und musterte ihn. »Was ist da draußen
auf der Straße passiert?«

Hannah knallte den Sellerie auf den Spülstein und
ging zur Tür. »Nichts, Oma.«

Hilda hielt sie auf. »Was hast du da draußen gesehen?«

»Nichts. Nur Kinder, die mit geöffneten Regen-
schirmen von ihrer Veranda gesprungen sind. Sie
haben Fallschirmspringen gespielt. Das tun sie immer, wenn sie Flugzeuge hören. Habt ihr das noch
nie bemerkt?«

Sie sah, wie Hilde und Mutter einander verständnislos anschauten. Nein, natürlich hatten sie es nicht
bemerkt.

An jenem Abend, nachdem es im Haus dunkel geworden war und ihre Eltern zehn Stücke *Chametz*
versteckt hatten, unternahm Tobias die rituelle letzte
Suche bei Kerzenlicht nach *Chametz* im Haus. Mit
Hilfe einer Feder und mit einem Ernst, den Hannah
während der letzten Jahre nicht an ihm gesehen
hatte, als es eher ein Spiel für ihn gewesen war, fegte
er die Krumen in einen Holzlöffel.

»Woher hast du die Feder, Toby?« fragte Hannah.

»Von Leo.« Er hielt sie hoch und ließ sie trudeln.
»Schau doch, wie lila die Spitze ist. Und auf der einen Seite breiter als auf der anderen. Sie hat sich in
meiner Hand gelöst, als ich ihn festgehalten habe.
Ich hab' es nicht mit Absicht gemacht.«

Nein. Er konnte seinen Vögeln unmöglich weh
tun.

Vater tat die Krumen, die Feder und den Löffel in
eine Papiertüte, die am nächsten Morgen verbrannt
werden würde. Nachdem Toby ins Bett gegangen
war und sie glaubte, daß er eingeschlafen war, zog

sie den Vorhang zur Seite, der ihr Schlafzimmer teilte, und schaute ihn eine Zeitlang an. Der Junge auf der Straße hatte auch so einen Lockenschopf wie Toby gehabt. Als sie sich hinunterbeugte, um ihn noch einmal zuzudecken, atmete sie den muffigen, unschuldigen Geruch von Kaninchen und Wachsbuntstiften und Tauben ein.

Vor dem Frühstück versammelte sich die ganze Familie auf der Veranda, und Vater zündete ein Streichholz an, das er an eine Ecke der Papiertüte hielt.

»An zwei Stellen, Sol«, sagte Hilde. »Damit sie ordentlich brennt.«

Hannah sah zu, wie der schwarze Rand quer über die Tüte kroch, wie die Vorhut einer Armee, dachte sie, die eine kleine Wand orangener Flammen hinter sich herzog, bis sie die andere schwarze Ecke traf, die gegen sie vorrückte. Das Rote Meer, dessen Wasser zusammenschlug, anstatt sich zu teilen. Schließlich war der Holzlöffel auf den Fliesen der Veranda zu einem verbrannten Gerippe kokelnder Asche geworden. Hannah trat es aus. Am Nachmittag machte Vater einen Spaziergang mit Toby, wohin, wußte Hannah nicht, wohl aber, daß sie auf dem Rückweg am Café Rotterdam vorbeigehen würden, um zwei der deutschen Flüchtlingsfamilien, die über dem Café wohnten, zum Sederabend abzuholen.

Mit Ausnahme des langsamen, rhythmischen Knirschens, das entstand, als Mutter Nüsse für das *Charoseth* hackte, und dem Gurren der Tauben, das durch den offenen Luftschacht drang, war das Haus still. Nachdem nun fast alles für das Fest bei Sonnenuntergang vorbereitet war, kam es Hannah vor, als strahlten die Räume eine Erwartung aus, wie vor einem Tod, oder einer Geburt. Darüber dachte sie eine Weile nach und fühlte, wie sich der Gedanke einnistete, als sie sich seitlich auf den Stuhl ihres Vaters an den Eßtisch setzte und müßig am verzierten Saum des weißen Tischtuchs zupfte.

Hilde drückte zwei Kerzen in die silbernen Kerzenhalter, arrangierte Schüssel und Krug aus Delfter Porzellan zum Händewaschen auf der Anrichte, fuhr ein letztes Mal mit dem Staubtuch zwischen die Schnitzereien der Anrichte und wischte damit kurz am unteren Rand des Bilderrahmens entlang.

»Du weißt, wonach das Mädchen auf dem Bild Ausschau hält, nicht wahr?« sagte Hilde. »Nach ihrem zukünftigen Ehemann.«

Natürlich glaubt sie das, sagte Hannah zu sich selbst.

»Woran denkst du?« fragte Mutter von der Küchentür her.

»An Tauben. Nur an Tauben«, sagte Hannah.

»Tauben? Was meinst du damit?« sagte Hilde.

»Ich meine, daß es gleichgültig ist, worauf sie schaut. Oder was sie tut, oder nicht tut.« Sie blickte Hilde direkt in die Augen. »Es kommt einzig darauf an, daß sie etwas denkt.«

»Magst du sie deshalb?« fragte Mutter überrascht.

»Und weil ich sie kenne.«

Hannah stand auf, ging durch den Korridor und stieg die Leiter zum Dachboden hinauf. Leo war am nächsten, er döste. Sie griff ihn sich als erstes, und während er verzweifelt mit den Flügeln schlug, drehte sie ihm den Hals um, bis die Anspannung unter ihren Fingern nachgab. Das Gekreische der anderen Tauben hallte in ihren Ohren wider. Sie machte einen Satz, um Henriette zu packen, und schrammte sich das Knie auf. Zwei, drei, vier, jedesmal das sanfte Ploppen unter den Federn.

Sie kam den Flur entlang und blickte stur geradeaus. Ihre Hände zitterten so stark, daß Mutter es bemerkte. Nun schaute auch Hannah hinunter und entdeckte ein kleines Federbüschel unter dem Nagel ihres Zeigefingers, einen klitzekleinen Fetzen grauer Brustdaunen. Sie schnipste es fort. Mutter und Hilde starrten sie erschüttert an, regungslos vor Entsetzen. Hilde biß sich auf die Lippen, bis eine lila Wunde entstand.

»Geh und wasch dir die Hände«, sagte Mutter leise.

Hannah drehte sich um, verfing sich mit dem Fuß im Flurläufer und stolperte ins Badezimmer. Sie hörte die Stimme ihrer Mutter. »Dieses eine Mal, im Hause deines Sohnes, wirst du nichts sagen, Hilde. Nichts.« Hannah drehte den Wasserhahn auf. Sie wollte nicht hören, was als nächstes kam. Sie wusch sich die Hände bis hinauf zu den Ellenbogen, dann das aufgeschrammte Knie. Nach einer Weile schlüpfte sie in ihr Zimmer und legte sich aufs Bett. Als sie

durch den Luftschacht hörte, wie Mutter den Taubenschlag fegte, fühlte sie, wie ein feuchtes Rinnsal
an ihrer Schläfe hinunterkroch. Sie wartete auf das
Knirschen des *Charoseth*. Dann zog sie sich ein anderes Kleid an und bürstete sich gründlich das Haar.

Als Vater und Toby eintraten, war sie außerstande,
ihnen ins Gesicht zu sehen. Die beiden deutschen
Familien waren linkisch, wußten nicht, wohin mit
sich. Ein Junge, jünger als Toby, stand stumm da und
klammerte sich an seinen Vater. Mutter trug Toby
auf, Hilde jeden Gast einzeln vorzustellen, ließ ihn
die Haggadahs austeilen und ihn den weißen Kittel
holen, damit sein Vater ihn anlegen konnte. Sie ließ
ihn den Sellerie, den Lammschenkel, das *Charoseth*,
eine verdorrte Meerrettichwurzel und eine kleine
geschälte Kartoffel, deren eines Ende schmaler ge-
schnitten worden war, damit sie wie ein Ei aussah,
auf dem Sederteller anordnen. Dann bat sie ihn, auf
der Veranda am westlichen Horizont nach dem Sonnenuntergang Ausschau zu halten. All das, wie Hannah wußte, damit er nicht den kleinen deutschen
Jungen mit nach oben nahm, um ihm die Tauben zu
zeigen.

Mutter kramte in der Anrichte und holte die alten
Delfter Kerzenhalter heraus. »Hier«, sagte sie zu Hannah. »Sie haben deiner Urgroßmutter Etty gehört,
aber heute und für alle Zeiten gehören sie dir. Wasch
sie und stell sie auf den Tisch.«

Und Hannah tat es.

»Der Sonnenuntergang ist da«, verkündete Toby

von der Veranda her. »Der Himmel glänzt wie aus Gold.«

Ihre Mutter zündete ein Streichholz an und hielt es gegen einen alten Kerzenstummel, bis sich eine Flamme aufrichtete, berührte damit die beiden Wachskerzen in den silbernen Kerzenhaltern und reichte ihn Hannah. Hannah tat dasselbe mit ihren eigenen Kerzen. Während sie zusah, wie das Kerzenlicht das Mädchen auf dem Gemälde erleuchtete, wußte sie, warum diese Nacht anders war als alle anderen Nächte. Das richtige Leben hatte begonnen.

DRITTES KAPITEL

Adagia

Als er mit seiner Frau Digna am schmalen Kanal entlang spazierenging, hielt Laurens van Luyken diskret Abstand zu dem jungen Liebespaar, das vor ihnen lief, als wolle er den beiden ihre Zweisamkeit zugestehen, aber er beobachtete sie aus Adleraugen. Er sah, wie sich seine Tochter, gleich hinter dem Ochsenkarren, unnötigerweise auf den Arm des jungen Mannes stützte.

Die Herbstluft wehte harsch, und Digna hüllte sich fester in ihren Umhang ein. Normalerweise fand Laurens den Wind belebend, an diesem Nachmittag jedoch weckte er in ihm das Gefühl, als würde sich eine gewaltige graue Wellenwand vor ihm auftürmen, gegen die er sich wappnen mußte. Die Brise war harsch, das gefallene Laub war harsch, alles war harsch. Johannas Stimme hatte wenige Stunden zuvor harsch geklungen, als sie ihm mitteilte: »Papa, Fritz hat mich gebeten, ihn zu heiraten, und ich habe ja gesagt.« Einfach so. Ohne Vorwarnung. Ohne jedes Taktgefühl. Ohne das geringste Zugeständnis an die Tradition. Als müßten Väter nicht mehr gefragt werden, wenn sie ihre Töchter der Liebe eines anderen anheimgeben sollten. Verfuhr man so in Amsterdam? War es ein Vorbote dessen, wie das Leben im neuen Jahrhundert aussehen würde?

»Wir sollten ihnen ein schönes Geschenk machen«, sagte Digna und bediente sich auf dieselbe Art seines Armes, wie Johanna es eben bei Fritz getan hatte. »Etwas aus unserem Besitz, das sie immer geliebt hat, was sie immer behalten wird.«

»Soll das heißen, daß du einverstanden bist?«

»Er ist ein guter Bursche. Und hübsch dazu.« Ihr verschmitztes Lächeln entging ihm nicht. »Erasmus sagt, wenn man schon hängen muß, dann bitte an einem schönen Galgen.«

»Galgen sind nicht für die Jugend und die Unschuld gedacht.«

Weiter vorn lief ihr Hund Dirk Johanna direkt vor die Füße, so daß sie beinahe gestolpert wäre, und dann sagte Fritz etwas, das sie zum Lachen brachte. Laurens sah, wie sie sich an diesen Mann schmiegte und ihm einen Kuß aufs Ohr hauchte. Dirk bellte, vorwurfsvoll, wie Laurens wußte. Laurens empfand eine tückische Freude. Dirk nahm die Aufmerksamkeit, die Johanna diesem merkwürdig riechenden Eindringling schenkte, der Lederschuhe trug anstatt der guten, soliden *Klompen* und der eindeutig nicht aus Vreeland stammte, anscheinend nicht sehr begeistert auf. Es hatte ihn amüsiert, daß Dirk, vor Mißtrauen bebend, etwas offensichtlich Beleidigendes

knurrte, als Fritz am Mittag mit der Kutsche eingetroffen war.

»Schau sie dir an, Laurens. Wie sie strahlt.«

Statt dessen warf er einen Blick auf seine Frau. Das
Glück hatte sich auf sie übertragen: Die wilde, leuchtende Seligkeit seiner Tochter ließ jede Pore in Dignas vertrautem Gesicht aufblühen.

»Was können wir ihnen schenken?« fragte sie, mit
einer heiteren Dringlichkeit in der Stimme.

»Einen Besen und ein Butterfaß?«

»Wir könnten ihnen die *Digna Luise* schenken.«

»Nein. Fritz hat einen alten Küstensegler. Er hat
mir erzählt, daß er damit letzte Woche zur Zuiderzee
hinausgefahren und fast erfroren ist. Mit Ausnahme
von Fischern segelt niemand, der noch recht bei Trost
ist, nach September da draußen herum.«

Dort, wo der Kanal in die Loosdrechtse Plassen
mündete, waren in einer langen Reihe die Ruderboote ihrer Nachbarn vertäut. Laurens fiel ein, wie
Johanna sie als kleines Mädchen wegen der eleganten Form ihres Bugs »Vogelhälse« genannt hatte. Er
fragte sich, ob sie das vielleicht genau in diesem
Augenblick Fritz erzählte, während die beiden an
den Booten am Ufer vorbeigingen.

Johanna und Fritz bogen bei Ruyters Senfmühle
ein, um die für Fuhrwerke befestigte Straße am Seeufer zu nehmen, und schauten sich um, ob Laurens
und Digna ihnen auch folgten. Etwas an ihrer Auf-
bruchstimmung, an ihrer Ausstrahlung, auf einem
unerprobten Schiff in See zu stechen und ein Aben-

teuer zu wagen, ließ in Laurens ein leichtes Konkurrenzgefühl aufkommen. Er legte den Arm um die geschmeidige Hüfte seiner Frau. »Frierst du?« fragte er, halb in der Hoffnung, daß es so wäre.

»Ich könnte ihr Mutters Opalring schenken, aber das ist nicht besonders viel. Und es sollte etwas von uns beiden sein. Für sie beide.«

Für Laurens' Geschmack trug alles an dem Paar da vorn überdeutliche Anzeichen von Euphorie. Zu früh erblüht, dachte er, zu früh Samen tragend. Sie hatten keine langen Winterabende innerer Seelenprüfung und Erwartungen durchgestanden, sondern tollten munter drauflos, als wäre schon Tulpenzeit.

Jetzt würde sie also fortgehen. Sie würde Vreeland verlassen, wo sie jeden Pfad kannte, jede Planke einer jeden Brücke, jedes Pferdegespann einer jeden Familie, wo er ihr, genau hier auf der Loosdrechtse Plassen, das Schlittschuhlaufen beigebracht hatte, wo er jeden Sommer zugesehen hatte, wie sie auf der Höhe ihres Hauses am Ufer unter den Weiden spielte und glücklich Eimer um Eimer mit Kanalwasser in ein rissiges, angeschlagenes Delfter Teeservice füllte, das einmal seiner Mutter gehört hatte. Sie würde die Stadt ihrer Geburt und ihrer Herkunft verlassen und nach Amsterdam ziehen, fast eine halbe Tagesreise mit der Kutsche über die Deichstraßen.

Es belustigte Laurens, wie offensichtlich Dirk sein Mißtrauen gegenüber diesem Wolf im Schafspelz bekundete, diesem Aufschneider mit dem sonderbaren

Geruch, indem er sich immer wieder zwischen Fritzens und Johannas Beine zwängte. Aber Schadenfreude empfand Laurens nicht. Es rührte ihn etwas an der Art, wie sie einander mit den Augen huldigten, Johannas leuchtender Blick voller trunkener Erwartung des Unbekannten, und er wollte ihnen einen Augenblick der Ruhe gönnen. Nur ein geworfener Stock, der auf dem schmalen Uferwall gut gezielt sein mußte, würde Dirk von seiner sich selbst auferlegten Pflicht losreißen, Johanna zu beschützen. Laurens rief Dirk, warf den Stock, verfehlte aber den grasbewachsenen Damm. Dirk sprang mit langen Sätzen in den See hinein und jagte dem Platschen hinterher. Digna lachte, wodurch sich das Ganze gelohnt hatte. Sie drückte seinen Arm. »Ich weiß! Das Bild! *Mädchen mit einem Nähkorb*.« Ihre heiteren, erwartungsvollen Augen und ihr begeistertes Lächeln versetzten ihm einen Stich. »Sie hat es schon immer geliebt.«

»Nein.«

Dirk brachte ihm den Stock, aber er beachtete den Hund nicht.

Digna wandte sich ihm zu und schaute ihn aus ihrem süßen, elfenbeinweißen Gesicht fassungslos an. Er sah, wie sich in der Brise Strähnen von kastanienbraunem Haar aus ihrem Nackenknoten lösten und sich in kleinen Wellen kräuselten wie Seegras in einer Strömung. Sie zog ihn weiter und lachte. »Warum bist du so kleinherzig? Sie ist unsere einzige Tochter.«

»Ich bin sicher, daß uns etwas anderes einfällt.«

»Warum nicht das Bild?«

»Weil ich es dir geschenkt habe.«

»Aber es wäre ein Anklang von unserem Heim in ihrem Heim.«

»Nein, Digna.«

»Warum nicht?« Sie legte ihre Hand in die seine, drängte ihn, zuzustimmen.

»Ich möchte nicht darauf verzichten.«

»Ich wußte gar nicht, daß du so daran hängst. Es ist nicht sehr viel wert, obwohl mir gefällt, wie es Vermeer nachempfunden ist.«

Er klammerte sich an den Strohhalm. »Eher de Hooch. Der Händler hat gesagt, daß de Hooch seine Bodenfliesen genau so gemalt hat.«

Ihr Lächeln war neckisch und vorwurfsvoll und zeigte, daß sie sein Ablenkungsmanöver durchschaute. Er fühlte sich dumm und ertappt. Sie kannte ihn zu gut. Zweifellos hatte sie gleich irgendein Sprichwort von Erasmus parat, das vor Leuten warnte, die äußerst ungeschickt versuchten, das Thema zu wechseln. Digna verarbeitete ihre Lieblingsepigramme aus Erasmus' *Adagia* in ihren Sticktüchern, manchmal auch im lateinischen Original, wenn ihr der Klang der Worte gefiel, wie zum Beispiel »*Tempus omnia revelat*«. So ernsthaft hatte sie über die Jahre am Kamin gesessen und auf ein gespanntes Stück Stoff, wie in ihr eigenes Herz, Erasmus' Religion des rationalen Denkens gestickt: Der Versuch, die Griechen nach Troja zu bringen. Eine schlechte Krähe legt ein schlechtes Ei. Niemand hinkt von fremdem Schaden.

»Warum schenkst du ihnen nicht eine Stickerei mit einem Sinnspruch?«

Ihr abwartendes Lächeln verwandelte sich in ein verächtliches Lachen. »Warum willst du ihnen das Bild nicht schenken?«

Er schaute nach vorn auf die Weidenpflanzung am Seeufer. In der verschleierten Stimmung sanft hereinwehender Nebelschwaden kamen ihm die sich beugenden und rauschenden Weiden wie lockende Gespenster vor.

»Es ... Ich habe es im Andenken an einen bestimmten Abschnitt meines Lebens gekauft, und aus diesem Grunde kann ich es nicht hergeben.«

»Ich dachte, du hättest es für mich gekauft? Zu unserem Hochzeitstag. Entsinnst du dich?«

Sie löste sich von ihm und hüllte sich in ihren Umhang. Er schauderte leicht.

»Das stimmt. Nur –« Nun war er nahe daran, sie zu verlieren, aber er hielt an seinem Glauben fest, daß sie einander stets vertraut und die Wahrheit gesagt hatten. »Es hat mich an jemanden erinnert, den ich einmal kannte.«

Digna blieb stehen.

»Die Art, wie das Mädchen aus dem Fenster schaut«, sagte er. »Auf jemanden wartet. Und ihre Hand. So zaghaft nach oben gerichtet. Als würde diese Hand zu einem Kuß einladen.«

Digna drehte sich um. »Laß uns umkehren.«

Er hielt Ausschau nach seiner Tochter und ihrem jungen Mann. »Was ist mit ihnen?«

»Sie werden schon nachkommen.«

Als sie den Rückweg zum Haus antraten, schoß Dirk vor ihnen davon, sprang in langen Sätzen zu ihnen zurück und lief wieder voraus, wohl wissend, daß er daheim gefüttert werden würde. Laurens reagierte leicht verärgert auf seine ungestümen, glücklichen Bewegungen.

Digna drang nicht weiter in ihn, aber sie verlangsamte ihre Schritte und wartete. Er schaute über den zinnfarbenen See, dessen Oberfläche von Windböen mit spitzen Klauen aufgewühlt wurde und wo er sich so manches Mal in Gefahr begeben hatte, wenn er dort Schlittschuh lief, bevor das Eis richtig trug.

»Sie hieß Tanneke. Das war damals, 74, als ich im Pumpwerk vom Haarlemmermeer gearbeitet habe.« Er wußte, daß er ihr dies gleich sagen mußte, um den Zeitpunkt klarzustellen, der weit zurücklag, Jahre, bevor er Digna kennengelernt hatte. »Sie wohnte in Zandvoort. Ich habe sie am Strand kennengelernt, am *poffertjes*-Stand. Ich habe mich vor sie gedrängelt, eine Tüte gekauft, mich umgedreht und ihr eins in den Mund gesteckt.« Er gluckste leise. »Der Puderzucker klebte ihr an der Nase.«

Zu gern hätte er einen verstohlenen Blick auf seine Frau geworfen, um zu sehen, ob sie sich die Szene genauso zart und unschuldig vorstellen konnte, wie er sie erinnerte.

Ein Schwall von Erinnerungen ließ ihn gedankenversunken im Gehen weitersprechen. »Wir sind viel spazierengegangen. An den Dünen entlang und auf der Heide. Auch in den Wäldern. Sie liebte das Haarlemmer Hout, kannte alle Pfade so gut wie Johanna die Gassen von Vreeland. Ich habe einmal in den Wäldern dort ihre Handfläche geküßt, im Regen unter einer Tanne, wo wir uns untergestellt hatten.«

»Hast du sie geliebt?«

Er hatte zuviel gesagt. Jetzt bereute er, überhaupt damit angefangen zu haben.

»Bei ihr war ich … war ich wie Fritz.« Er wandte sich von ihr ab, damit sie in seinem Gesicht nicht die Spuren des Glücks sehen konnte, das er vor so langer Zeit mit Tanneke gehabt hatte.

Eine plötzliche Erinnerung ließ ihn frösteln. »Ich war töricht. Ich hielt eine Verabredung mit ihr nicht ein, um unabhängig zu erscheinen, nehme ich an. Weil sie sich nach mir sehnen sollte, obwohl in Wirklichkeit ich derjenige war, der sich nach ihr sehnte. Als ich sie einige Zeit später aufsuchte, hatte sie Zandvoort verlassen und ihren Eltern aufgetragen, mir nicht zu sagen, wohin sie gegangen war.« Er spürte, wie ein Stich schmerzlicher Reue angesichts seiner Dummheit, Passivität oder Lethargie durch ihn fuhr, und er hoffte, daß seine Stimme nichts davon verraten hatte.

Er starrte nach vorn und fühlte mehr als er sah, daß Digna von ihm abwich.

Und jetzt beging er wieder eine Dummheit, indem er seiner Frau weh tat. Den Rest des Weges legten sie schweigend zurück, und er fühlte, wie sie versuchte, sich in ihrer Vorstellung nach und nach in seine Vergangenheit hineinzuversetzen.

Sie ließen die Prozession von Ruderbooten hinter sich, und in entgegengesetzter Richtung waren die Vogelhals-Formen für ihn nichts als die alten Ruderboote seiner Nachbarn. Sie ließen den Gemüsegarten ihres Nachbarn hinter sich, und er mußte Dirk zurückhalten, daß er nicht durch die Rabatten violetter Kohlköpfe trampelte, die sich dort in beneidenswerter Ordnung aneinanderreihten. Sie ließen die Windmühle von Vreeland hinter sich, die brav die Flügel drehte und Wasser aus dem Boden förderte, damit ihr kleines Eiland im großen Universum niemals unterging. Und nun ließen sie den Punkt in ihrem Leben hinter sich, dachte er, an dem der Erhalt dieser Dinge – Ruderboote, Gärten, trockenes Land, Liebe – mühelos und selbstverständlich gewesen war.

Dirk rannte in großen Bögen um sie herum, planschte durch schlammige Pfützen. Nachher, wenn sie nach Hause kamen, würden seine Pfoten voller Dreck sein und gesäubert werden müssen. Normalerweise kümmerte sich Digna darum. Heute würde er es tun.

Es war merkwürdig: Wenn man selbst eine erst keimende Liebesbeziehung auf das Wesentliche reduzierte – ich habe sie geliebt, sie hat mich vielleicht geliebt, ich war töricht, ich habe gelitten –, dann wurde sie leer und abgedroschen, für jeden Außenstehenden bedeutungslos. Was bleibt, sind nur die

Momente, die wir haben, der Kuß auf die Handfläche, gemeinsam über die zerfurchte Beschaffenheit vom Stamm einer Tanne staunen zu können oder über die unendliche Zahl von Sandkörnern einer Düne. Nur die Momente.

Er wollte Digna an einige Momente ihres gemeinsamen Lebens erinnern, die genauso zärtlich wie der Kuß im Wald gewesen waren, genauso wichtig. Es hatte viele solcher Momente gegeben, wie an jenem Tag, als sie einmal auf ihren Schlittschuhen weit auf die Loosdrechtse Plassen hinausgefahren waren und die Stimmen der anderen Schlittschuhläufer nur noch als ein Rascheln von Drosseln im Unterholz wahrnahmen, und sie in einem weißen, reinen Universum ganz allein herumwirbelten, und er ihr da gesagt hatte, daß er sie nun sein halbes Leben kannte, zweiundzwanzig Jahre, und er dieses Wunder begleitet von Kältewölkchen verkündete und sie dort auf dem Eis küßte, zweiundzwanzig Mal und in Dankbarkeit. Er wünschte sich so sehr, daß sie jetzt daran dachte, aber die Art, wie sie lief, so aufrecht und beherrscht, schnürte ihm die Kehle zu.

Als sie sich dem Haus näherten, bemerkte er, daß sie vor ihrem Aufbruch in der guten Stube eine Öllampe für ihre Rückkehr angezündet hatte. Das warme gelbe Licht, das durch das Fenster schien, lud ein in ein behagliches Heim. Immer dachte sie an derlei Dinge. Wenn er es jetzt erwähnte, oder die Erinnerung an ihren Moment auf dem Eis, würde es aussehen, als wolle er sie versöhnlich stimmen.

Im Haus gingen sie sich aus dem Weg, wobei jeder die kleinste Bewegung des anderen wahrnahm. Die Luft fühlte sich geladen an.

Er wünschte sich, daß sie zu ihm käme, damit er die glatte Haut an ihrer Schläfe streicheln könnte, eine ihrer Lieblingsstellen, dort am Haaransatz. Damit er sie erst an den Schultern halten und dann zu sich ziehen und ihr sagen könnte, daß er ganz und gar ihr gehörte, und das sein Leben lang.

Aber sie machte sich damit zu schaffen, das Abendessen herzurichten, ein sicheres Zeichen, daß sie zu Zärtlichkeiten nicht aufgelegt war, und darum tat er nicht, wonach er sich am meisten sehnte. Den Moment verstreichen zu lassen war auf eine vage, unbehagliche Weise ein vertrautes Gefühl.

Dann kamen Johanna und Fritz herein und redeten über seine Arbeit in Amsterdam, und die Gelegenheit war verpaßt.

»Wenn du uns besuchen kommst, Papa, gehen wir segeln«, sagte Johanna besänftigend.

Für die beiden stellte sich das Leben so herrlich einfach dar, klar wie geschliffenes Kristall. Ach, wenn sie nur wüßten. Eines Tages würden sie es wissen. Erst nach Jahren bekam man überhaupt eine Ahnung von der zermürbenden Kompliziertheit des Lebens.

Digna sprach gerade so viel, wie es ein Mindestmaß an Höflichkeit gebot, als sie den *Hutspot* servierte. Die Stunde des Abendessens verbrachte sie damit, Krumen von der Tischdecke zu schnipsen.

Laurens wußte, daß Johanna glaubte, der plötzliche Stimmungswechsel ihrer Mutter hätte etwas mit ihr oder mit Fritz zu tun. Als Digna in die Küche ging, um den Nachtisch zu holen, versuchte Laurens, Johanna ohne Worte zu beschwichtigen, indem er seine Finger über die Tischdecke spazieren ließ und dann ihre Hand bedeckte, wie er es getan hatte, als sie noch ein Kind war, um sie zum Lachen zu bringen, oder wenn er Digna nahekommen wollte, wenn sie ihm keine Aufmerksamkeit schenkte.

Er sah, daß Johannas Wangen vom frischen Wind rosig glühten wie ein vollkommener, reifer Pfirsich. Nimm es wahr. Achte darauf. Nimm es wahr und vergiß es nie, hätte er gern gesagt. Er schaute Fritz an, der aber nur ihre Hände beobachtete, und über das Gesicht des jungen Mannes huschte vorübergehend ein Ausdruck der Verwirrung, was er davon zu halten hatte. Laurens richtete sich in seinem Stuhl auf und lächelte das Lächeln desjenigen, der sich seines Handelns absolut bewußt ist. Er lächelte strahlend, als wolle er sagen, daß er nicht bereit sei, sein väterliches Anrecht auf ihre Hand abzutreten. Nein, im Moment jedenfalls noch nicht. Oder überhaupt jemals.

Fritz, der nervös mit seiner Hutkrempe spielte, verabschiedete sich vorzeitig, und nachdem Johanna die Tür hinter ihm geschlossen hatte, drehte sie sich atemlos um und sagte: »Freust du dich nicht für mich, Papa?«

Er betrachtete ausgiebig die Schönheit ihrer Wange, um sich noch in zwanzig Jahren daran erinnern zu können, und winkte sie zu sich heran.

»Ist Liebe nicht einfach das Allererstaunlichste? Ich meine, ich weiß ja, daß du und Mutter einander liebt, aber darauf war ich nicht vorbereitet.«

»Vorbereitet?« Das Wort beunruhigte ihn. Er wußte, daß Digna sich noch nicht dazu durchgerungen hatte, mit ihr über diese Frauensachen zu sprechen.

»Auf die Macht.«

Da er fürchtete, daß seine Stimme zittern könnte, tat er das einzige, was er tun konnte: Er küßte sie leicht auf die Schläfe, bevor sie nach oben ging.

Digna nahm ihre Stickerei auf. Die Kuckucksuhr durchdrang die Stille. Er beobachtete, wie Dirk gerade so viel Würde aufbrachte, wie ihm angesichts der abwesenden Haltung seines Frauchens möglich war, indem er sich zu ihren Füßen niederließ und zufrieden seufzte. Einen Augenblick lang beneidete er Dirk um seine unkomplizierte Zutraulichkeit.

Er wußte nicht, was er sagen sollte, was er ihr anbieten könnte.

Er versuchte, sich ihr Bild heraufzubeschwören, wie sie in Tannekes Alter ausgesehen haben mußte. Das Haar in der Farbe von Ahornblättern im Herbst war alles, was er sich vorstellen konnte.

»An welchem Sprichwort arbeitest du?« fragte er, um das Schweigen zu brechen. Sie hielt ihm den Spannrahmen hin, damit er selbst sehen konnte. Sie hatte gerade mit einer Brücke über einem schmalen

Kanal und einer Weide begonnen. Die Worte darunter waren in Kreuzstichen gefertigt: »*Ne malorum memineris*«, sagte sie.

»Was bedeutet das?«

Ernsthaft und in voller Beherrschung des Augenblicks blickte sie auf den Rahmen hinab und machte noch zwei Stiche, ließ ihn warten – mit dem Faden, der so lang und langsam war, und dem kleinen Puck-Geräusch, das entstand, wenn die Nadel durch das gespannte Material stieß. »Gedenke nicht der Untaten.«

Er konnte nichts erwidern.

Er ging mit seiner Tonpfeife aus dem Haus und spazierte zum Kanalufer. Der Wind hatte sich gelegt, aber er fühlte die Feuchtigkeit des Nebels und hörte, wie die Schilfrohrsänger sich in Scharen zur Nacht sammelten.

Er erinnerte sich an das seidige Gefühl von Tannekes Hand, die er in der seinen gehalten hatte, an deren Gewicht, entspannt, nach außen gekehrt. Wie galant er sich vorgekommen war, als er sich mit durchgedrücktem Rückgrat und förmlich, ein Anfänger in der Liebe, hinuntergebeugt hatte, um diese Hand zu küssen, deren kleiner Finger abgespreizt war, genauso gekrümmt wie auf dem Bild, so unbeschreiblich zart, zierlich wie ein Vogelhals. Im selben Moment zog sie, kaum wahrnehmbar und erregend, die Luft ein.

Wie so oft im Pumpwerk, und viel später, wenn er das Gemälde betrachtete, erging er sich in der Vorstellung von Tanneke und ihrem Zopf honigfarbenen Haars, das schwer in seiner Hand liegen würde, wenn er es aufflocht. Er dachte an sein Leben mit ihr, was hätte sein können.

Nach jenem letzten Spaziergang in den Wäldern des Haarlemmer Hout hatte er Tanneke nach Hause begleitet. Zu ihrem Haus gehörte ein Storchennest, das hoch oben auf einem Pfahl saß, wie er sich entsann. Er hatte draußen gewartet, bis er durch den Vorhang sehen konnte, wie ihre Silhouette eine Kerze zu ihrem Schlafzimmer im Obergeschoß trug und sich dabei nah beim Fenster hielt, damit er sie so sehen konnte, hauchzart und ätherisch, und wie sie langsam und bedacht das Kleid über ihren Kopf streifte, und dann ihren Unterrock, und wie sie dann, um ihn zu necken, die Kerze ausgepustet hatte. Er hatte auf dem Feldweg gesessen und an jeden Teil ihres Zimmers gedacht, das er nie gesehen hatte. Und wieder malte er sich alle Einzelheiten aus – den kleinen Puppenherd aus Porzellan mit der Feuerstelle aus Schiefer, mit dem sie als Kind gespielt hatte, ihre an die blaßblauen Wände gehefteten Zeichnungen, den hohen ovalen Spiegel, in dem sie kritisch ihre Weiblichkeit betrachtete, ihre Haarbürste aus Schildpatt, ihr Waschgeschirr, wahrscheinlich Delfter Ware, wie das seiner Mutter, das Bett mit den vier gedrechselten Pfosten aus Mahagoni, und die Bettdecke, pfirsichfarben und minzgrün vielleicht, ein Stück ihrer Großmutter. Und Tanneke, die nackt darunter lag. Als er jetzt an diese ungesehenen Dinge dachte, fühlte er wieder einmal das vertraute warme Jagen in seinen Adern.

Er konnte sich ehrlicherweise nicht versprechen, daß er es nie wieder fühlen würde.

Die Scham darüber zwang ihn zum objektiven Nachdenken: War es Tanneke selbst, die über all die Jahre seine Erinnerung wachgehalten hatte, oder war es lediglich die Euphorie der ersten Liebe, die er sich bewahren wollte? Die Tatsache, daß er sich die Frage überhaupt stellte, lieferte ihm gleichzeitig die Antwort. Wenn nur Digna es auch wissen könnte, aber weitere Erklärungen würden ihren Schmerz nur am Leben halten.

Er wollte noch ein Weilchen warten und ihr Zeit lassen.

Was war so wichtig gewesen, daß er Tanneke an der Station der Pferdetram ewig hatte warten lassen? Er konnte sich nicht vorstellen, daß ihn die Arbeit im Pumpwerk aufgehalten hatte. Sondern nur sein Bedürfnis, sich wichtig zu machen. Was er statt dessen an jenem Abend unternommen hatte, wahrscheinlich irgend etwas mit seinem Kameraden, daran konnte er sich nicht erinnern. Unruhig lief er am Kanalufer auf und ab, um die Lücke in seinem Gedächtnis zu schließen. Es gelang ihm trotzdem nicht, sich zu erinnern.

Mehrmals hatte er versucht, sie zu finden, aber er kannte keine ihrer Freunde, die er hätte fragen können. Es schien lächerlich zu sein, jemanden in einem Land zu verlieren, das so klein war, obwohl er sich ehrlicherweise eingestehen mußte, daß seiner Suche die Entschlossenheit gefehlt hatte. Eine Zeitlang gab er sich mit ihrem Phantomwesen zufrieden, und etwas später, wenn sich wieder etwas zwischen Neugier und Begehren in ihm regte, hätte er es als töricht empfunden, in ein Leben einzudringen, das schon halb gelebt war.

Heute wußte er, was er schon an Hunderten von Abenden gewußt hatte, wenn er die ruhige, nach außen gekehrte Hand betrachtete, bevor er mit der Lampe nach oben ging. Daß nichts wichtiger war, als Aufmerksamkeit zu schenken und die bescheidenen Dienste der Liebe zu vervollkommnen. Und dies hatte er bei Digna versucht. Vielleicht machte es auf eine kleine Weise seine abendliche Komplizenschaft mit dem Gemälde etwas weniger tadelnswert.

Er atmete lange und tief ein, um die Vergangenheit zu verscheuchen und sein Gleichgewicht für die Gegenwart wiederherzustellen. Nun, da Johanna schon alt genug für die Liebe war, schienen ihm all seine Vorstellungen der Vergangenheit eine Verschwendung der Gegenwart zu sein. Der Moment kam über ihn wie Wasser, das durch einen Deich bricht, und er begrüßte sie von Herzen. Die geteilte Freude eines guten *Hutspot* mit süßen Möhren und neuen Kartoffeln und großen Stücken Rindfleischs, wenn sie von einem gemeinsamen Spaziergang im Wind zurückkehrten. Digna, die im Garten eine fröhliche Weise summte. Ihr wissender, fast neckischer Blick, der Anflug eines Lächelns, wenn sie wußte, daß sie in irgendeiner Sache die Oberhand hatte, und er sich bereitwillig fügte. Wie sie im Dunkeln neben ihm lag und schmeichelnd aus ihm herauslockte, was ihm vom Tag am besten gefallen habe, worauf er stets antwortete – weil es so war –, dieser Moment, wenn ich dich berühre. Dann fühlte er diese Wahrheit wie einen Kloß in seinem Hals und das Aufwallen der Liebe in seinen Lenden. Und hinterher die Ruhe ihrer rhythmischen Atemzüge, regelmäßig wie eine friesische Uhr, ihr schlichtes, unkomponiertes Schlaflied. Das waren die Dinge, die er in irgendeinem letzten, ausgedehnten Augenblick noch einmal durchleben würde. Wie die Liebe sich unbewußt selbst schafft, dachte er, aus der Normalität mit großer Tragweite.

Er rauchte seine Pfeife zu Ende, ließ ihr Zeit. Digna würde die Sache durchdenken, das wußte er. Es würde vielleicht eine Weile dauern, aber letztlich würde sie erkennen, daß die Einbildung, nicht die Erinnerung ihre Feindin war, falls sie in dieser Sache überhaupt eine Feindin hatte.

Digna blinzelte ein paarmal, als er eintrat. Sie hatte ihren guten fliederfarbenen Morgenrock an, den sie selten trug, und sie bürstete ihr aufgelöstes Haar, das über ihre Schultern herabfiel. »Ich habe den Rat des Gemäldes beherzigt«, sagte sie mit einer Art eifrigem Stolz.

»Und der wäre?«

»Ich habe aufgehört zu nähen.« Sie lächelte ein kleines, mattes Lächeln. »Ich habe es nachgelesen.

Memineris. Erasmus sagt, nach der Befreiung Athens von den Grausamkeiten der Dreißig Tyrannen erließ Thrasybulos ein Dekret, das jede Erwähnung der Vergangenheit untersagte. Das Dekret nannten sie *Amnestia.*«

Digna. O Digna.

Seine Augen füllten sich mit Tränen, und er sah sie als eine Gestalt aus verschwommenen Wellen, als würde er sie durch ein Glas betrachten, dann nur noch als einen fliederfarbenen Fleck, und er wollte nicht einmal, daß diese Transparenz zwischen ihnen war. Er schaute weg, damit sie es nicht bemerkte, zu Dirk hinunter, der zusammengerollt und seufzend vor Dignas Füßen lag, um nicht das Bild anzusehen. Bald würde er eine halbe Tagesreise über ausgefahrene Deichstraßen machen müssen, um es anschauen zu können. Und er würde dabei beobachtet werden. Voller Entsetzen stellte er sich das frisch gerahmte Stickereituch vor, das in sorgfältigen Stichen sein Dekret des Schweigens und der Amnestie verkündete, das innerhalb des ausgeblichenen Rechtecks auf der cremefarbenen Wand hing. Nein, so etwas würde Digna nicht tun. Sie würde es nicht dort aufhängen.

Unwillkürlich schaute er auf, um zu sehen, ob das Gemälde noch an seinem Platz war.

Nach einer Weile sagte er: »Wenn das Mädchen, anstatt hinauszusehen, hereinschauen würde, auf uns, dann würde sie uns bestimmt für beneidenswerte Geschöpfe halten.«

Jener gewisse Anflug eines Lächelns huschte über ihr Gesicht. »Schau lange genug hin«, sagte sie leise, »hinaus oder herein, und du wirst froh sein, daß du der bist, der du bist.«

Ob sie das als Feststellung oder als Ermahnung meinte, wollte er nicht fragen, und sich auch nicht vorstellen.

VIERTES KAPITEL

Hyazinthblau

Ich habe, wie ich zu meiner Schande gestehen muß, sein Gesicht vergessen. Nein, nicht Gerards. Seins. Nicht doch, mein Kind, es ist ganz unklug, schokkiert zu sein. Davon bekommt man nur Flecken im Gesicht, und das willst du doch nicht. Ich würde es auch nicht jedem ersten besten erzählen, denn es gibt da Details, wahrhaftig Details – aber da du mich um Rat in derlei Dingen gebeten hast, muß ich es dir sagen. Die Wahrheit nämlich, daß ich den Mann, den mein Vater für mich ausgewählt hatte, nicht liebte. Eine Wahrheit, die ich sorgfältiger versteckte als meinen Busen.

Jedenfalls so lange, bis ich *ihn* zum ersten Mal sah. Er spielte in einem kleinen Orchester in diesem düsteren Backsteinbau, dem Mauritshuis, die neue *Eroica*-Sinfonie, die nun auch wir endlich in Den Haag zu hören bekamen, zwei Jahre nachdem sie meine Schwester im Beauvais gehört hatte. Er trug einen eleganten flohfarbenen Gehrock über einer roten Moiré-Weste mit schmalen lila Streifen. Auch waren seine Kniehosen keine langweiligen schwarzen Seidendinger, wie sie Gerard tagaus, tagein trug, sondern aus Wildleder, mit Schleifen geschnürt, und ein ganzes Stück länger. Offensichtlich war er kein Holländer.

Ich habe dir das eine oder andere über die Holländer mitzuteilen, darum bin ich froh, daß wir den ganzen Nachmittag Zeit haben. Bei diesem Konzert im Mauritshuis zum Beispiel konnte man noch überall Kleider im Louis-seize-Stil sehen, seit mindestens zehn Jahren aus der Mode gekommen und zu himmelschreiend, um ihre Träger nicht zu Tode zu demütigen. Aber wundersamerweise bewegten sie sich darin, als wäre es ihnen nicht einmal peinlich. Diese Person, entfernt verbandelt mit dem Haus von Oranien, eine ehemalige Baronin Agatha van Solms, die mein Mann charmant fand, trug immer noch einen Reifrock à coudes. Und ihr Kopfschmuck! Sie fand es wohl besonders raffiniert, den Beitrag ihrer Familie zur Geschichte der holländischen Marine in Form eines Schiffes anzudeuten, einer Fregatte, glaube ich, die über einer Reihe horizontaler Cadoganlocken emporragte. Kein Mensch trug mehr einen Cadogan. Als würde das Kriegsschiff tapfer einen heftigen blonden Seegang durchwühlen. An seinem Heck ließ sie eine kleine Flagge wehen, sinnigerweise die der Batavischen Republik. Eine billige Art, die Rolle des Hauses von Oranien bei der Eroberung der Meere zu betonen, wenn du mich fragst. Zu allem Überfluß folgte sie immer noch dem widerlichen Brauch, sich als Beileidsbekundung für die Opfer von Madame Guillotine ein rotes Samtband um den Hals zu binden. Nicht ein Quentchen Geschmack.

Halte mich bitte nicht für überheblich oder engherzig. Du mußtest nicht dort leben. Außerdem gab es eine Sache in Holland, die ich liebte. Es war ein kleines Gemälde, das mir Gerard gekauft hatte und das ein junges Mädchen darstellte, dessen Haut den durchscheinenden Glanz von Pfirsichen besaß. Sie blickte aus einem geöffneten Fenster, mit einem so liebreizenden, naiven Gesichtsausdruck, daß ich ihn zunächst fast ein bißchen leer fand. Du mußt wissen, die Dorfbewohner sind ja durch das Wasser voneinander abgeschnitten, durch das ewige Wasser. Da herrscht solche Inzucht, daß mehr als nur ein paar der Damen ziemlich beschränkt sind, zumindest entschieden seltsam, auf eine irgendwie glotzäugige Art. Trotzdem, dieses Kind mußte Eltern gehabt haben, die es liebten, und das weckte in mir ein Gefühl von Zärtlichkeit und Melancholie zugleich. Es war Neid, nehme ich an, wegen meiner eigenen Unfruchtbarkeit, die Gerard schon in Luxemburg reizbar gemacht hatte, als er der Tatsache gewahr wurde.

Ich ließ das Gemälde im kleinen Salon über einer blauen Samtchaiselongue aufhängen, die das Blau im Kittel des Mädchens intensivierte, welcher in anmutigen Falten jenes üppigen, tiefblauen Tons der frühen, gerade erst aufbrechenden Hyazinthenknospen herabfiel. Nicht in jenem blasseren Blau, nachdem sie verblüht sind. Wenn ich eine Tochter hätte, würde ich sie nur in den Farben der frischesten Hyazinthen und Tulpen kleiden. Und genau wie meine Schwester Charlotte es mit ihrer Cherise tut, würde ich sie jedes Frühjahr auf der Promenade de Longchamp zur Schau stellen. Und sie würde Perlen tragen. Darum erkundigte ich mich bei der Künstlergilde, ob es möglich sei, eine Perlenkette um den nackten Hals des armen Mädchens malen zu lassen.

Gerard sagte, das Gemälde stamme von einem wenig bedeutenden Künstler, einem Johannes van der Meer. Mir war das gleich. Das Mädchen war entzückend, und ich ergriff aus ganzem Herzen von ihr Besitz.

Anfangs hielt ich das Geschenk für eine Besänftigungsmaßnahme, damit ich mich noch ein oder zwei weitere Jahre zufriedengäbe, bis er sich wieder eine Position in Frankreich gesichert hätte. Das war, nachdem sich Gerard einen geschlagenen Monat immer wieder mit der ehemaligen Gräfin Maurits van Nassau im Mauritshuis getroffen hatte. Angeblich, um mit ihr über irgendeinen Steuernachlaß zu konferieren, obwohl ich es heute besser weiß. Und das, meine Liebe, ist der wahre Grund für derlei versöhnliche Geschenke, also sei auf der Hut.

Da die Gräfin Maurits Gastgeberin des Konzerts gewesen und eine in jeder Hinsicht gnädige Dame war, machte ich ihr am folgenden Tag meine Aufwartung, in diesem Mausoleum von einem Mauritshuis, wo sie wohnte, obwohl ich mir beim besten Willen nicht vorstellen kann, wie. Sie empfing mich in einem Raum mit einem Kamin, der rundherum mit blauweißen Kacheln eingefaßt war. Dutzende blaue Teller aus Delfter Porzellan standen auf Regalen und Anrichten. Auf den Tellern überspannten entweder Brücken in kühnem Schwung Flüsse oder es ließen Trauerweiden schlaff die Zweige hängen. Wer möchte schon von einem solchen Symbol der Melancholie von allen Seiten angestarrt werden? Mir reichten schon die echten Trauerweiden, herzlichen Dank. Die arme Frau konnte sich offenbar keinen anständigen Isfahan oder auch nur einen Hamadan leisten. Nur einen flämischen Läufer, und Chintz, wohin das Auge fiel, und zwei friesische Kuckucksuhren, die alle paar Minuten quakten – genug, um einen schwermütig zu machen.

Obwohl Napoleon sie ihres Titels beraubt hatte, stellte sie ihre Reichtümer nach wie vor auf ihrem stattlichen Busen zur Schau, der ein bißchen einem zusammengesackten Sahnebaiser ähnelte. Man kann es leider nicht anders sagen. Wobei der linke durch einen kleinen Leberfleck akzentuiert wurde, obwohl ich mir da nicht ganz sicher bin; eventuell war er aufgemalt. Sie informierte mich, daß der Geiger Monsieur le C-- sei, der frisch aus Paris eingetroffen war und binnen weniger Wochen mit Mozarts Sinfonie Nr. 40 in g-Moll als Gastmusikant des Staatsorchesters auftreten sollte, dem ehemals Königlichen Orchester am Binnenhof.

»Oh, ich bete Moll-Tonarten an«, hauchte ich. »Seine Bogenführung, über die zu urteilen ich natürlich kein Recht habe, hat mich hingerissen.« Bei dem letzten Wort warf ich ihr einen flehentlichen Blick zu.

Mit der Intuition der überaus durchtriebenen Frau, sicherlich einem Überbleibsel ihres verlorenen Adelstitels, lächelte sie verständnisvoll. »Er wohnt den Sommer über im Oude Doelen.«

Mehr brauchte ich nicht zu wissen.

Den Haag war klein, nicht größer als drei oder vier der prächtigen Pariser Plätze mit ihren Vierteln zusammengenommen. Ich kannte das Oude Doelen. Gerard und ich waren dort abgestiegen, als unser Haus für die Dauer seiner Amtszeit für uns hergerichtet wurde. Aber zuerst mußte ich mir eine Einladung für das Binnenhof-Konzert sichern. Und zweitens brauchte ich ein neues Kleid.

Ich konnte mir nicht erlauben, auch nur einen Tag zu verlieren. Kein einziger Damenschneider auf der van Diemensstraat kannte die Pariser Mode. Ebensowenig wie ich, die ich erst in Luxemburg, dann in Den Haag gewissermaßen in der Verbannung gelebt hatte, während Joséphines Salons nur so barsten vor ständig wechselnder, neuer Eleganz. Und die winzigen holländischen Läden waren auch keine Hilfe. Leer wie Klosterzellen. Daß sie nicht in der Lage waren, zusammen mit ihren Salpeter-Fässern auch ein paar Seidenballen ins Land zu schmuggeln, ist voll und ganz der Hohlköpfigkeit der Holländer zuzuschreiben.

Und noch etwas, mein Kind: Du solltest der Heiligen Jungfrau danken, daß Gott dir die unbarmherzigen Korsettmacher von Den Haag erspart hat. Ich sage dir, sie kennen keinerlei Gnade – der Groll des Eroberten auf seinen Eroberer –, keine einfühlsamen und verständnisvollen Bemerkungen bei der Anprobe. Im Gegensatz dazu pflegt Madame Adèle, meine eigene Corsetière, zu sagen, ich höre sie geradezu: »Es geht nur darum, die Haut ein wenig umzuarrangieren, Madame.« Du solltest es wirklich einmal mit ihr versuchen. Sie wirkt wahre Wunder bei der Auferstehung des Fleisches. Rue Saint-Honoré, gleich am Place Vêndome.

Nichtsdestotrotz ging ich los, mich neu einzukleiden, nicht bloß von Kopf bis Fuß, sondern auch bis auf die Haut, für alle Fälle. Meine Schwester Charlotte hatte mir geschrieben, daß die Frauen seit neuestem Pantalettes trugen, und gleich eine Beschreibung der langen rüschenbesetzten Damenunterhosen folgen lassen. Selbst wenn sie aus feinstem Batist gewesen wären, o je, was für eine unangenehme Vorstellung, an dieser Stelle kratzenden Stoff zu tragen. Diskret erkundigte ich mich in einigen Läden. Da sie von dergleichen nie etwas gehört hatten, beäugten sie mich nur mißtrauisch, deshalb gab ich es auf, obwohl mich dies einigermaßen betrübte. Sicherlich wußte Monsier le C‑‑ besser als ich, was in Paris getragen wurde, und der Gedanke, er könne bemerken, daß ich nicht auf der Höhe der Zeit war, quälte mich.

So, wo war ich stehengeblieben? Ach ja. Beim Bin-

nenhof. Von außen gesehen war der Palast am Süd-
ufer des Vijver schmucklos. Dafür wurde man jedoch wieder entschädigt, sobald man den Trêves
Zaal betrat, wo das Konzert stattfinden sollte. Eine
herrliche, in weißen und goldenen Tönen gehaltene
Empfangshalle, dem Stil Louis XIV. nachempfunden, sehr ähnlich der Galerie Dorée im Hôtel de
Toulouse. Die Deckenmalerei war ein Traum voller
Wolken und Putten, und ich stellte mich darauf ein,
daß die Geiger, insbesondere Monsieur le C--, vom
Himmel zu uns herabsteigen würden.

Ich drängte mich zu den vorderen Stuhlreihen
durch, Gerard folgte mir brav. Die Musiker hatten
bereits Platz genommen, und da war er, der Erste
Geiger, in seine Aufgabe vertieft, das Orchester ein-
zustimmen. Sein weißes Spitzenjabot bebte unter seinem bezaubernden Kinn wie eine schaumige Creme-
speise. Der erste Satz, *molto allegro,* war spritzig und
melodiös – tra-la-la, tra-la-la, tra-la-la-*lá,* so ging es –,
und seine auf und ab huschenden Hände schlugen
mich in ihren Bann. Kaum fähig, in der plötzlichen
Hitze zu atmen, wedelte ich mir mit meinem Fächer
heftig Luft zu. Durch einen ungemein glücklichen
Zufall schien die Geste Monsieur le C-- ins Auge zu
fallen.

Er hatte mich bemerkt. Ja, ich war mir dessen sicher.

Während des langen *Andante* senkten sich seine
Augenlider provozierend über sein Instrument, und
der Arm, der den Bogen führte, liebkoste die Saiten,

als seien sie die Fasern des Herzens seiner Geliebten. Er spielte das *Andante* mit einer solchen Zärtlichkeit, daß mir fast die Sinne schwanden. Er mußte ein musikalisches Wunderkind gewesen sein, der Liebling einer vernarrten Mutter. Beim vierten Satz war ich endgültig in einen Taumel der Verzückung geraten. Du kennst das Gefühl, sonst hättest du mich nicht gefragt.

Wie es Gerard während der ganzen Geschichte erging, kann ich dir nicht sagen. Er beschäftigte sich zunehmend mit seinen Zahlenreihen und Depeschen und besonders mit dem entmachteten holländischen Adel. Er kaufte ein Gemälde von einem holländischen Künstler und fing an, eine lange Porzellanpfeife zu rauchen. Ich sage es ungern, aber mein Mann verwandelte sich allmählich in einen Holländer.

Ganz sicher bin ich mir nicht, aber ich glaube, daß er vielleicht schon ein Jahr zuvor begonnen hatte, eigene Wege zu gehen. Ich entsinne mich, daß es Spätfrühling war, denn die Hyazinthe auf meinem Toilettentisch hatte das Stadium jenes traurigeren, blasseren Blaus erreicht, in dem die Blüte unter Aufbietung ihrer letzten Kräfte den durchdringendsten Duft verströmt. Ich hatte meine morgendlichen Reize noch nicht entfaltet, besser gesagt, mein morgendliches Ritual am Toilettentisch noch nicht vollendet. Ich hatte weder Rouge noch Puder aufgelegt und auch noch nicht meine Löckchen befestigt. Als ich gerade dabei war, mir die Augenbrauen zu zupfen, sagte Gerard etwas zu mir, das ich überhörte. Heute tut es mir leid, aber offen gestanden habe ich ihn ignoriert, weil ich nicht denken kann, geschweige denn sprechen, wenn ich mich gerade schminke.

»Claudine!« sagte er so laut, daß ich vor Schreck meine Pinzette fallen ließ.

Das Zusammenleben zweier Liebender ist insgesamt eine Angelegenheit, die einem Enormes abverlangt. Es kann einen in allen möglichen Situationen erwischen, für die man nicht gewappnet ist. Wenn du in mein Alter kommst, wirst du das verstehen.

Im Spiegel sah ich, wie er mich anschaute. Er saß auf der Bettkante, ohne Kniehosen und auch ohne Strümpfe, so daß seine dünnen behaarten Beine vom Fußende des Bettes baumelten wie die Gliedmaßen einer Spinne.

Ich drehte mich zu ihm um und säuselte: »Was gibt es, *mon cher*?« Sei immer liebreizend, ganz gleich, was ist. Man weiß nie, was sie gerade im Schilde führen.

Er sagte nicht, was er hatte sagen wollen. Wie Motten schienen ihm die Worte davongeflogen zu sein, aber er sah aus wie ein Mann, dem etwas zugestoßen war. Seine Augen blickten gequält, als würde er zum ersten Mal sehen, daß wir am Ende unserer Möglichkeiten waren, daß es den Sohn, den er sich vorgestellt hatte, nie geben würde. Ich glaube, ihm wurde plötzlich bewußt, daß wir den Versuch aufgegeben hatten, ein Kind zu zeugen. In diesem Augenblick ahnte ich, daß mir der Rest jener Macht, die ich noch über ihn hatte, zu entgleiten begann. Das Herz wurde mir schwer.

Man hatte mich in dem Glauben erzogen, daß die Liebe, wenn man nach dem Wunsch der Familie heiratete, sich mit der Zeit und etwas Geduld von selbst einstellte. Darum hatte ich mich um die Liebe bemüht, obwohl ich gar nicht genau wußte, was ich da anstrebte. Oh, leidenschaftliche Augenblicke hatte es durchaus gegeben, aber war das Liebe? Ich hatte die sentimentale Vorstellung, um deine Frage gleich zu beantworten, Liebe bedeute, alles zu riskieren, alles zu opfern, über alles hinwegzusehen und alles zu ertragen, um mit dem Geliebten vereint zu sein. Ich beherzigte die Maxime – entlehnt von meiner Tante in der Provence –, daß sich auch die glücklosesten Umstände zum Guten wenden lassen, wenn man in allen Dingen nur mit der hinreichenden Leidenschaft handelt. Aber nach diesem Blick, dieser tiefen Enttäuschung in Gerards Augen, als habe sich die Welt verändert und er sie endlich als die erkannt, die sie war – für ihn nie wieder schön zu nennen –, nach diesem Blick war ich mir der Maxime meiner Tante nicht mehr sicher.

Ich versuchte, das Beste daraus zu machen, denn er war auf seine Art recht gut zu mir – er schenkte mir das Gemälde eines Mädchens, was mein Kinderwunsch gewesen wäre, nicht eines Jungen, von dem er träumte, verstehst du –, obwohl er auch zu anderen recht gut war. Es war kein Geheimnis, daß er während seiner Zeit als *ministre d'impôt* alle Hände voll zu tun hatte, um für Napoleon jährlich 100 Millionen Gulden an Steuergeldern einzutreiben, sich jedoch die greifbaren Vermögenswerte einiger ausgesuchter Exemplare der entwerteten holländischen Aristokratie in anderer Form auszahlen ließ. Allen voran bei jener ehemaligen Baronin des Hauses von Oranien, die ihre Flagge auf einer Haarlocke zu hissen pflegte. Ich beschloß, dies zu ignorieren und nicht darüber nachzudenken, und das nächste Jahr über beschäftigte ich mich mit angenehmen Dingen. Im Frühling organisierte ich Ausflüge zu den Tulpenfeldern Haarlems, im Sommer hielt ich am Strand von Scheveningen in merkwürdigen Strandkörben fröstelnd der garstigen Meeresbrise stand, und im Winter veranstaltete ich Schlittschuhgesellschaften am Huis ten Bosch. Einmal strauchelte Gerard auf dem Eis und stieß einen kleinen Angstschrei aus, und während er noch über sich selbst lachte, streckte er spontan die Hand nach mir aus. Da erfaßte mich eine Welle zärtlicher Zuneigung für ihn, obwohl ich es nicht Liebe nennen würde. Er hätte nach jeder Hand gegriffen, um sich zu stützen.

Und nun wußte ich, dank der Gräfin vom Mauritshuis, daß Monsieur le C - - mit seinen schwindelerregenden Variationen über ein Thema die Verzweiflung meiner nervösen Unruhe verjagen könnte.

Ich schickte eine Nachricht an das Oude Doelen, in der ich ihn einlud, mit drei Kollegen seiner Wahl einen Kammermusikabend in unserem Haus zu geben, »einer geräumigen weißen Steinvilla auf dem

Langen Vijverberg« schrieb ich, damit er wußte, daß er ein ansehnliches Publikum bekäme. Er erwiderte mein Schreiben herzlich, und derart ermutigt suchte ich ihn am nächsten Tag auf, um die Arrangements zu treffen. Als er mich empfing, erlitt ich beim Anblick seines makellos weißen Leinenkragens einen Schwächeanfall. Aber glücklicherweise gelang es mir mit Hilfe meines Riechsalzes und seiner stützenden Hand an meinem Rücken, mich wieder zu fangen. Atemlos sprach ich meine Einladung aus. Genauer gesagt war ich entschlossen, keinen weiteren Atemzug mehr zu tun, bis er mir seine Zusage gab. Er erwog es mit geneigtem Kopf, wölbte nachdenklich eine perfekt gezupfte Augenbraue, glättete den Spitzenbesatz seiner Manschette, schenkte mir ein langsames, erprobtes Lächeln und schlug eine Kutschfahrt durch den Bosch vor, den großen Wald außerhalb der Stadt.

Gesagt, getan, mit zugezogenen Vorhängen. Es war Juli und unerträglich stickig in diesem geschlossenen, rumpelnden Kasten. Mein Fichu klebte an meinem feuchten Nacken, ebenso vorn an meinen Verführungshügeln. Mir blieb nichts anderes übrig, als es abzustreifen. Bei einem Seitenblick unter gesenkten Lidern, der hoffentlich kokett wirkte, entdeckte ich im trüben Licht, daß auf seinem Rock eine ganze Landschaft in Petit point eingearbeitet war. Als ich mir die Freiheit nahm, meine Hand über die Stickerei gleiten zu lassen, bedeckte er sie mit der seinen, ein sicheres Zeichen seines Einverständnisses, ein Streichquartett zusammenzustellen. Ich durfte wieder atmen!

»Haydn ist *de rigueur*«, sagte er, »aber dürfte ich außerdem das Mozart-Quartett in C-Dur vorschlagen? Man nennt es ›Die Dissonante‹. Schreckt Sie das?«

»Im Gegenteil, es klingt aufregend.«

»Es beginnt mit einer pulsierenden Baßnote, wie der Herzschlag eines Mannes, der sich nach Erfüllung sehnt, und schwillt dann zu voluminöser Kraft an, wenn die höheren Stimmen einsetzen.«

»Erreicht es ... erreicht es das *Crescendo*?«

»Mit grandioser Vollkommenheit.«

»Dann werden wir es einbeziehen.«

In der nächsten Woche ließ er mir durch einen Boten mitteilen, daß er die anderen Mitglieder des Quartetts habe gewinnen können, und einige Tage später machte ich ihm abermals meine Aufwartung, um die Gästeliste durchzugehen und die Abfolge des abendlichen Musikprogramms festzulegen, was wir taten, während wir einen Spaziergang entlang des mit Federn besprenkelten Vijver unternahmen und die Schwäne anschauten.

»Es ist immer ratsam«, sagte ich, »einige Patrioten dabeizuhaben, darum habe ich Leopold van Limbourg Stirum, Gijsbert Karel van Hogendorp und Adam van der Duyn mit ihren Familien eingeladen.«

»Wußten Sie, daß Schwanenpärchen ein Leben lang unzertrennlich sind?« fragte er. »Wie finden Sie das?«

»Töricht. Sehen Sie nur, was für kleine Köpfe sie haben.«

Am Abend des Kammerkonzerts trug ich seidene *faille*, hyazinthfarben, wie der Kittel des Mädchens auf dem Gemälde, nicht zu protzig, aber ganz gewiß ins Auge fallend. Einer Eingebung in letzter Minute folgend, hatte ich unseren Hausdiener quer durch die ganze Stadt geschickt, um Hyazinthen für den Grand Salon aufzutreiben. Der Duft würde betäubend sein. Während ich seine Rückkehr erwartete, lief ich rastlos durch die Räume, unter Armen und Brüsten schwitzend. Ich badete erneut und goß kühles Wasser über meinen Hals, um mich zu beruhigen, während ich den Geräuschen des Hauses lauschte – Gerard, der in seinem Morgenrock eine Melodie summte, falsch, aber fröhlich, dem Stakkato von Schritten auf dem Marmorboden, Stühlen, die im Salon arrangiert wurden, gedämpften Stimmen, die mahnten: »Nein, nein, Madame hat gesagt, es soll dort stehen«, oder: »Madame sagte doch, daß wir die Petroleumlampen im Salon nicht anzünden dürfen, und daß die *petite salle* im Halbdunkeln gelassen werden soll.« Was für ein herrlicher Anblick das wäre, so weit das Auge reichte, diese strammen Säulen des Entzückens in allen erdenklichen Blautönen zu erblicken, steif emporragend wie, wie ... ja, nun, das würde eine Nacht, sagte ich zu mir, in der schöne Damen, in glitzerndes Mondlicht getaucht, an nektargetränkten Blüten naschen würden.

Als der Hausdiener endlich zurückkam, sah ich

sofort, daß der Sommer doch schon zu weit fortgeschritten war. »Keine Hyazinthen, Madame. Es tut mir fürchterlich leid. Ich war in allen Blumengeschäften, die ich kenne.« Er hielt mir eine schlaffe Blüte hin, die aufs peinlichste offenbarte, daß ihre besten Tage weit hinter ihr lagen. Um Vergleiche zu vermeiden, hielt ich es für klüger, sie nicht zur Schau zu stellen.

Der Grand Salon strahlte im goldenen Glanz der neuen Wachskerzen in ihren Wandleuchtern. Pastellfarben gekleidete Gäste glitten über schwarze und weiße Bodenfliesen, die so blank poliert waren, daß die ganze Oberfläche mit einer Schicht aus Glas überzogen zu sein schien. Glöckchenhelles Lachen erklang, als sich Gerard galant verbeugte, um die Hand jener Oranien-Frau zu küssen, Agatha von der lächerlichen Frisur, die sich zweifelsohne in ihr Kleid hatte einnähen lassen. Ich suchte in den verborgenen Kammern meines Herzens nach der Barmherzigkeit, diese Frau freundlich zu begrüßen, aber ein Vogel aus echten Federn, der im Organdy ihrer oben offenen Haube nistete, kippte jedesmal, wenn sie nickte, vornüber, als wolle er Körner picken. Ich glaubte nicht so recht, daß ich meiner Selbstbeherrschung trauen durfte.

Plötzlich war er da!

Er trug einen glänzenden Frack mit einem Muster von meeresgrünen Schuppen. Als er sich zur Begrüßung Gerard zuwandte, sah ich, daß die Schwalbenschwänze spitz aufeinander zuliefen wie bei einem

Kabeljau. Von hinten sah er, sah er aus – *mon Dieu!* wie ein Fisch, wahrhaftig wie ein Fisch! Ich konnte nicht atmen. Ich konnte nicht denken. Er war auf dem Weg zu mir, als ihm die Gräfin Maurits in die Quere kam, und dann andere, und ich mußte mich damit begnügen, ihn ohne ein vertrauliches Wort zu begrüßen.

Während des Haydn nahm ich eine Pose an, von der ich mir vorstellen konnte, daß er sie anbetungswürdig fände – eine entrückte, ätherische Verträumtheit. Ich beugte mich vor, um zu zeigen, wie sehr mich die Darbietung fesselte, obwohl mir das einen stechenden Schmerz im Kreuz bereitete und sich die vertikal verlaufenden Stäbe des Korsetts in meinen Magen gruben – was alles nicht passiert wäre, wenn wir in Paris gewesen wären, wo wir hingehörten.

Ich bemerkte, daß Gerard sich zerstreut im Saal umschaute, anstatt den Tönen seine volle Aufmerksamkeit zu schenken. Wie war es einem Menschen möglich, auch nur eine Sekunde seinen Blick von den Musikern loszureißen?

Ich konzentrierte mich auf Monsieur le C--s Lippen, die sich allerliebst zu einem Schmollmündchen kräuselten, wenn er ein *Allegro* zu spielen hatte. Seine Hände, die wendig und leicht wie Vögel waren. Und sein Zupfen! Alle Fasern meines Herzens vibrierten. Solch himmlische Klänge, solche Stimmungen schaffen zu können, die Macht zu haben, die Gemüter derart zu beglücken – wen wundert es, daß er meine Leidenschaft entfachte? Ich zermarterte mein Herz, genau wie du, ob dies das erste Aufkeimen einer Liebe sein konnte. Ich war mir nicht ganz sicher, woran man Liebe erkennt. Machte sie einen ganz flatterig, oder verlieh sie einem eine große innere Ruhe? Das klang zu reif. Wie Käse. Ich bevorzugte das Flattern der Vögel, und meine Seele machte während der gesamten Dauer des Mozart Luftsprünge.

Nachdem ich mich eine geziemende Zeit unter die Gäste gemischt hatte, ging ich auf ihn zu und sagte ihm, daß er wie ein Engel spiele, und gestattete ihm, meine Hand zu küssen. Danach war es nicht schwierig, ihn in den Salon zu locken. Ich brauchte nur zu sagen, daß ich ein kleines holländisches Meisterstück besäße, das ich ihm gern zeigen würde. »Das Gemälde eines jungen Mädchens, einer Jungfrau«, köderte ich ihn, obwohl ich mich heute schäme, sie auf diese Weise benutzt zu haben. Während wir die *petite salle* durchquerten, drehte ich den Docht der Petroleumlampe herunter, ergriff dann seine Hand und führte ihn in den abgedunkelten Salon, wo ich schnell die Tür hinter uns schloß. Es war stockdunkel.

Ich zählte sechs Schritte bis zum Divan, und wir sanken mit einem Seufzer in die sündig üppigen Kissen. Er küßte mich. Ich küßte ihn und entdeckte, mit der äußersten Spitze meiner Zunge, eine Schwiele an seinem linken Kieferknochen. Aufschreckend wurde mir klar, daß dies der Punkt sein mußte, an dem er seine Geige mit dem Kinn festklemmte, eine Berufskrankheit, die ich ihm wegen der Grazie seines Streicharms verzeihen wollte.

Und wie ich ihm verzieh, denn seine Hände spielten auf mir wie auf einem geliebten Instrument. Er ließ seine Finger *pianissimo* an meiner Kehle entlanggleiten und vollführte ein *Glissando* meine Wirbelsäule hinunter. Sein Präludium war ein *Arpeggio*, das sich tremolierend meines gesamten Wesens bemächtigte. Sein Zupfen erfüllte all meine Erwartungen.

Verwegen grub er sich durch meine raschelnden Gewänder, Kleid, Chemise, Unterrock, Krinoline und Unterhemd, und dankbar dachte ich, wie unpraktisch Pantalettes gewesen wären. Atmen. Ohrenbetäubendes Atmen und heftiges Rascheln. Erstickte er da unten? Um den Anstand zu wahren, will ich nicht mehr sagen, als daß seine Saiten zu einem *Vibrato* anschwollen. Er stieß einen sanften Schrei aus, *tremolo*, der in einem dünnen Ton endete, *falsetto*.

War es meine Einbildung, oder hörte ich teuflisches, ersticktes Lachen? Eindeutig weiblich. Wir waren nicht allein! Vielleicht waren wir sogar in jenem beleuchteten Moment, als wir durch die Tür eintraten, erkannt worden? Um festzustellen, wer sie war, genauer gesagt, wem ich ein großzügiges Geschenk zu verehren hatte, und zwar schnellstens, damit sie Stillschweigen bewahrte, mußte ich eine Lampe anzünden. Unter meinem wogenden Gewand regte sich Monsieur le C-- und schien sich daran zu machen, den zweiten Satz einzuleiten, aber ich war so sehr durch diese fremde Anwesenheit abgelenkt, durch das Rascheln von Stoff – es war Taft –, daß alle Wonnen, die ich mir wochenlang ausgemalt hatte, vorbeihuschten wie eine Sechzehntelnote. Ich überlegte, wer jetzt im Spätsommer noch Taft getragen hatte. Ich riß mich von ihm los, tastete nach dem Tisch, zündete ein Streichholz an und erblickte im ersten Aufflackern des Lampenlichts, auf der Chaiselongue und unter dem keuschen Blick des Mädchens auf dem Gemälde, mit herabgelassenen Kniehosen gleich einer gerupften Gans, meinen Gerard.

Und bei ihm war nicht die Agatha-Kreatur von der Vogelnestfrisur, sondern Gräfin Maurits, und sie beide starrten uns beide an.

Ich war ertappt worden, wohl wahr, aber im selben Augenblick schon wieder freigesprochen. Himmlische Gnade! Das bedeutete meine Rückkehr nach Paris!

Mir stand nur ein Weg offen. Eilig, obgleich nur auf einem Schuh, rauschte ich durch die *petite salle* zum Großen Salon und zitierte die Baronin von Oranien herbei, Zeugin seines halbbekleideten Zustands zu werden. Ob sie wollte oder nicht, Agatha van Solms würde der Untreue ihres Liebhabers ins Auge blicken müssen.

Es war in jeder Hinsicht eine ereignisreiche Nacht. Ich würde keine tausend friedlichen Sommernächte dafür eintauschen wollen. Als ich gegen Morgengrauen unter die Bettdecke kroch, tobte Gerard immer noch.

»Wie kannst du es wagen, meine Stellung hier zu

kompromittieren! Dir ist doch hoffentlich klar, daß die Sache morgen in Den Haag in aller Munde ist?«

Das waren, glaube ich, die letzten Worte, die ich in jener Nacht vernahm, als ich mich auf meine Seite drehte, die Bettdecke über die Ohren zog und mich noch einmal mit einem amüsierten kleinen Lachen daran erinnerte, wie ich auf meinem Rückweg durch die *petite salle*, Agatha im Schlepptau wie einen holländischen Lastkahn, mit einem sich gerade hinausschleichenden Monsieur le C-- zusammengestoßen war. Ich schlief mit dem Gedanken ein: Wie schade, daß wir keine Hyazinthen hatten.

Es gab keinen Grund zur Bitterkeit. Daß ich ihm seine diversen Akte der Untreue nicht vorwarf, daß ich mich nicht auf die Matrone des Mauritshuis stürzte, die mich, Gott sei ihr gnädig, als erste in die Freuden der musikalischen Salons Hollands eingeführt hatte, daß mir die Indiskretionen meines Mannes sogar gleichgültig waren, bewies vor allem, in erster Linie mir selbst, daß unsere Liebe schal und blaß war. Den Haag war ja, wie jeder Holländer stolz erklärte, die unangefochtene Hauptstadt des Sieges der Vernunft über die Leidenschaft. Darum konnte ich jetzt das, was man mich zu fürchten gelehrt hatte, willkommen heißen. Der Betrug – ob seiner oder meiner spielte keine Rolle – hatte mich befreit. Ich war bestens beraten, mich gleich aus dem Staub zu machen, bevor man sich, hinter vorgehaltenen Fächern aus Leinenpapier und außerhalb der Hörweite von Töchtern, das Maul über mich zerriß. Nach einer angemessenen Zeit der Buße unter den Bleiwurzgewächsen im Sommerhaus meiner Tante in der Provence würde ich wieder in Paris sein, bei Charlotte, wo mich das Theater und die Oper vom Nachdenken abhalten würden. Oh, dieser erhabene Seufzer der Erleichterung, der einem entfährt, wenn man sein Korsett aufschnürt, von dieser himmlischen Freiheit trennte mich nichts mehr als eine Kutschfahrt nach Paris.

Aber wie sollte ich die Reise bezahlen? Ich konnte unmöglich warten, bis mein Vater das Geld schickte. Das würde vierzehn Tage dauern. Und es würde Fragen geben. Es wäre unanständig, eine Nacht länger als nötig zu verweilen. Ich mußte nachdenken. Diesmal mußte ich wirklich und wahrhaftig nachdenken. Was sollte ich tun? Was besaß ich?

Schmerzlich durchfuhr mich die Erkenntnis – das Gemälde.

Ich versuchte, nicht hinzusehen, als ich es am nächsten Morgen in Musselin einschlug und nach der Kalesche rief. Auf das Zertifikat, das Gerard in seinem Geldschrank verwahrte, würde ich verzichten müssen. Ich fing bei van Hoep an, stieß dort aber nur auf kleinherzige Einwände. Als ich mich erhob, wie um mich zum Gehen zu wenden, mit dem Musselintuch in der Hand, konnte ich mich nicht vom Anblick des Mädchens auf dem Bild losreißen. Was mir vorher wie eine Leere in ihrem Blick vorgekommen war, erschien mir jetzt als unwiederbringliche Unschuld und eine tiefe Gemütsruhe, die mir einen Stich versetzte.

Sie war nicht nur Attribut ihrer Jugend, sondern einer edleren Verfassung eines ungekünstelten Naturells. Das konnte ich in ihren Augen erkennen. Dieses Mädchen, wenn sie eine Frau geworden war, *würde* alles riskieren, alles opfern, über alles hinwegsehen und alles ertragen, um mit ihrem Geliebten vereint zu sein.

»Das ist mehr als nur eine hübsche Kuriosität, mein guter Mann«, sagte ich. »Sie schauen hier mitten in die reine Seele der Jungfernschaft.«

Es hatte, wie ich nun erkannte, etwas Unanständiges in der Art gelegen, wie wir uns in ihrer Gegenwart aufgeführt hatten. Der Schock mußte in ihrer zarten Seele unauslöschliche Spuren hinterlassen.

»Sind Sie sicher, daß es ein Vermeer ist?« fragte der Händler.«

»Absolut. Es existieren Papiere, die mir jedoch im Moment nicht zugänglich sind.«

»Und aus den Papieren geht hervor …«

»Daß es von Jan van der Meer aus Delft gemalt und vor etwa hundert Jahren in Amsterdam versteigert wurde. Ich erinnere mich nicht, wann und von wem.« Ich wedelte mit meinem Taschentuch, um anzudeuten, daß derlei Details unerheblich seien.

»Es ist nicht signiert. Wenn die geringste Möglichkeit bestünde, daß diese Papiere es als ein Bild von van Mieris ausweisen, würde ich Ihnen zweihundert Gulden dafür geben, aber nur für einen Vermeer – pah.«

Ich packte das Gemälde abermals ein und ging

ohne ein weiteres Wort, brachte es zu einem zweiten Händler und behauptete, es sei ein van Mieris.

»Sind Sie sicher, daß es kein Vermeer ist?«

»Ganz sicher.«

Auch er wollte Dokumente sehen, aber ohne Papiere, die die Echtheit eines van Mieris belegten, bot er mir nur vierundzwanzig Gulden. Kaum genug, um eine Kutsche zu mieten und die Gasthöfe unterwegs nach Paris zu bezahlen. Ich willigte ein und mußte den ganzen Heimweg über in der Kalesche weinen.

Gerard war im Ministerium, *grâce à Dieu*. Ich hatte noch Zeit für eine schnelle Nachricht an Charlotte: »Ich fliehe nach Frankreich. Bereite Vater vor. Laß uns den Rest des Sommers in der Provence verbringen.«

Als meine Koffer verstaut waren und man mir in die Kutsche half, war mir nicht zum Weinen zumute. Ich hätte gern geweint und konnte dieses Verlangen nur allzu leicht unterdrücken. Gerard würde es überleben und gedeihen. Wenn es etwas gab, worüber zu weinen sich lohnte, dann waren das nicht Gerard oder Monsieur le C--, nicht einmal ich selber. Es war das Gemälde, denn nun würde es ohne Geburtsurkunde die Jahre durchlaufen, als ein uneheliches Kind, und Illegitimität, ob nun die von Gemälden, von Kindern oder in der Liebe, sollte eine Quelle aufrichtigerer Tränen sein als jene, die ich bei meinem Abschied aufbringen konnte.

Die Liebe, so wie ich sie kannte, war doch ohnehin

töricht, das ganze Theater über kochendes Blut und pochende Herzen, all die Aufmerksamkeit, die man schmachtenden Blicken schenkt. Bleiben wir lieber realistisch, mein Kind. Wer möchte schon allen Ernstes in bebende Nasenflügel schauen? Wenn das tatsächlich Liebe war, dann war es nicht genug. Ich gelangte zu der Einsicht: Zu wissen, was die Liebe nicht ist, kann vielleicht genauso wertvoll sein, wenn auch unendlich viel weniger befriedigend, wie zu wissen, was sie ist. Während ich aus dem Fenster der Kutsche beobachtete, wie Männer und Frauen auf den weiten Kartoffelfeldern die Rücken krümmten, war ich entschlossen, genauso zufrieden zu sein wie mein verlorenes Mädchen, das aus ihrem eigenen sonnenbeleuchteten Fenster schaut. Einfach dazusitzen und nachzudenken hat wahrhaftig einiges für sich. Das Leben ist und war nie eine *fantaisie*, aber man kann ja dennoch seinen Spaß haben, nicht wahr? Und was Monsieur le C-- angeht, obwohl ich mich nicht mehr an sein Gesicht erinnere, so spreche ich immer noch an jedem Passionssonntag in der Madeleine-Kirche ein *Ave* für ihn, um ihm mit jeder Faser meines Herzens für meine Auferstehung zu danken.

FÜNFTES KAPITEL

Morgenglanz

Früh am zweiten Morgen nach der Sturmflut öffnete Saskia die Läden am rückwärtigen Teil des Hauses und schaute aus dem Südfenster des Obergeschosses. Ihr Bauernhof war ein von der Welt abgeschnittenes Eiland geworden. Ein Dunst aus wechselnden Grautönen verwischte die Konturen der vier benachbarten Höfe, dennoch lag ein Glanz über dem Wasser wie auf dem polierten Zinn daheim in der Küche ihrer Mutter. Es sammle sich das Wasser unter dem Himmel an besondere Orte, daß man das Trockene sehe, und es geschah so, dachte sie. Aber noch war es nicht geschehen. Und die Kuh würde oben bei ihnen hausen müssen, bis es denn geschah, ganz gleich, wie lange es dauerte, oben bei ihnen hausen und den Fußboden verdrecken und das halbe Zimmer ausfüllen.

Auf das Fensterbrett gelehnt, spähte sie über das Wasser zu der kahlen Ulme hinüber, einem so kleinen und jungen Bäumchen, daß nur ein paar Zweige aus dem Wasser hervorschauten. Ob vielleicht ihre

Hühner darin saßen? Vielleicht würde Stijn sie heute finden. Den Verlust von Pookje empfand sie am schmerzlichsten. Sie war die schönste von allen, mit ihren kastanienbraunen Federn, die sich an ihrer Kehle weich wie Babyhaar anfühlten. Und wie sie sich mit majestätischem Stolz erhob, um das perfekte Ei zu zeigen, das sie gelegt hatte. Dann schämte sich Saskia. Andere hatten mehr verloren als nur ein paar Hennen.

Sie und Stijn hatten kaum etwas verloren. Am Tag der Flut hatte sie mehr als ein dutzendmal den Weg ins Obergeschoß gemacht, um Möbel und Lebensmittel hinaufzuschaffen, während ihr die Kuh aus großen braunen Augen die ganze Zeit zusah. Für die Kinder versuchte sie es als ein Spiel erscheinen zu lassen; sie stieg sogar, nachdem die Flut gekommen war, in das kalte Wasser und konnte noch ein paar zusätzliche Sachen ertasten und retten. Am Ende des Tages taten ihr die Beine weh, und die Arme baumelten nur noch kraftlos an ihrem Körper. Sie hätte gedacht, Stijn würde sich freuen, daß sie so viele Dinge gerettet hatte, aber als er dann durch das Fenster ins Haus kam, nach zwei Tagen ununterbrochener Arbeit am Deich des Damsterdiep, warf er nur einen Blick auf das vollgestopfte Zimmer und das Spinnrad ihrer Großmutter, das hoch oben auf hastig aufgestapelten Torfplaggen thronte, und sagte: »Brauchen wir das alles?«

Sie hatte ihm verziehen. Er war erschöpft gewesen und mit seinen Gedanken anderswo.

Während sie aus dem Südfenster schaute, bemerkte sie, wie in weiter Entfernung etwas Dunkles auf dem Wasser trieb, das wie aus eigenem Willen immer wieder die Richtung wechselte, mal hierhin, mal dorthin.

»Stijn«, sagte sie. »Schau dir das mal an.« Sie fühlte seine warme Hand auf ihrer Schulter, als er nun zusammen mit ihr aus dem Fenster blickte. In letzter Zeit versuchte sie – obwohl sie wußte, daß es ihn verärgerte –, in jeder zufälligen Berührung, in jedem harmlosen Aufeinandertreffen eine mögliche Zärtlichkeit auszukosten, daher hielt sie beim Sprechen inne, damit er seine Hand nicht wieder fortnahm. »Ist das nicht Boschwijks Stute, die da treibt?«

Sie wandte ihm den Kopf zu und sah, wie er die Augen zusammenkniff, wie sich diese lieben neuen Fältchen an seinen Augen auseinanderfächerten.

»Ja, tatsächlich.« Er griff sich seine Seemannsjacke und stieg auf der anderen Seite des Hauses durch das Nordfenster hinaus, wo er sein Ruderboot vertäut hatte.

Marta und Piet krochen aus dem Bett und kletterten unter viel Lärm über die Wäschetruhe zum Fenstersims neben ihre Mutter. »Seht mal«, sagte Marta im überlegenen, allwissenden Tonfall einer Vierjährigen, »Pferde können nämlich doch schwimmen.«

»Das Pferd schwimmt doch gar nicht. Das Pferd ist gerade so groß, daß es mit dem Kopf aus dem Wasser guckt«, sagte Piet.

Saskia gab beiden ein Stück Käse. Brot war keins

mehr da. Sie würde lernen müssen, auf dem kleinen Torfofen Brot zu backen.

»Saskia!« Stijns eindringliche Stimme erschreckte sie.

Sie zwängte sich zwischen der Kuh und einem Getreidesack zum gegenüberliegenden Fenster durch. Aus dem Ruderboot reichte ihr Stijn einen flachen Gegenstand herauf, der in eine Decke gewickelt war. Sie lehnte sich weit hinaus. Der Gegenstand war nicht schwer, rutschte ihr aber unter den Fingern zum Teil aus der Decke und fiel in das schlammige Wasser. Stijn haschte danach, so daß das Boot ins Wanken geriet, bekam ihn zu fassen, wickelte die Decke nun ganz ab und reichte ihn ihr wieder hoch. Es war ein Gemälde. Diesmal konnte sie es ihm sicher über dem Fensterbrett abnehmen. Sie starrte hingerissen auf ein wunderschönes Mädchen, das aus einem Fenster schaute.

»Was ist das, Mama?« fragte Marta.

»Mein Gott!« hörte sie Stijn sagen. »Saskia!«

Sie lehnte sich weit über das Fensterbrett, und er stand im Boot auf und reichte ihr, vorsichtiger diesmal, ein Baby in einem Korb, dann ergriff er die Ruder.

»Ein Baby! Jemand hat uns ein Baby ins Boot gelegt«, sagte Saskia.

»Ein Baby. Ein Baby!« wiederholte Piet. Er war fünf, genau in dem Alter, in dem er alles nachäffte, was er hörte, und wo alles auf der Welt ihn zum Lachen brachte.

Sie wickelte die Decke auf und das Baby wurde immer winziger. Es konnte nicht mehr als ein paar Tage alt sein, denn sein Gesicht war noch ganz rosa und runzlig. Als sie bei dem tristfarbenen Schal angelangt war, einem faden Blau, durchwoben mit graugrünen Fäden, zitterten ihr die Hände und sie zögerte, weil sie wußte, daß der Schal der Mutter gehört haben mußte.

»Wer war das, Mama?« fragte Marta.

»Ich weiß es nicht. Armes Ding, es ist ganz kalt.«

»Der Nikolaus!« sagte Piet. »Der Nikolaus hat es hineingelegt.« Beide Kinder kugelten sich vor Lachen auf dem Boden.

Sie zündete eine Torfplagge im Ofen an, um Wasser zu kochen, und traf Vorbereitungen, um das Baby zu füttern und zu waschen. Nun wickelte sie den Schal ganz ab und fand darin ein verwelktes Kohlblatt. Sie lächelte.

»Wofür ist das?« fragte Marta, die so dicht neben ihr stand, daß Saskia sich kaum bewegen konnte.

»Ach, das ist nur ein alter Aberglaube. Es soll dem Baby Glück bringen.«

»Können wir es behalten? Können wir es behalten, Mama?«

»Das Kohlblatt?« sagte Piet.

Marta stubste ihn leicht an. »Können wir das Baby behalten?«

Mit zitternden Händen entnahm Saskia einer Falte im Schal ein Stück Papier, eine Art Kunstzertifikat. Auf der Rückseite stand in großen Buchstaben geschrieben: »Verkauft das Gemälde. Füttert das Kind.«

»Vater im Himmel!« murmelte sie. Die schwarzen Buchstaben verschwammen vor ihren Augen wie Aale. Daß eine Mutter so etwas schreiben konnte. Sie entfernte einen nassen Lumpen. Ein Junge. Ein kleiner angetriebener Moses mit blauen Augen und ein paar blonden Haarsträhnen. Ein Junge, wenn sie ihn am Leben erhalten könnte. Sie setzte einen Topf mit Milch auf den Rost über dem brennenden Torf. In der Wäschetruhe suchte sie nach Leintüchern, die sie als Windeln verwenden konnte, und sie hatte ihn gesäubert und gefüttert, als Stijn wieder heimkam.

»Es war Boschwijks Stute«, sagte er. »Das dümmste Pferd, das ich je erlebt habe. Ich habe es mit dem Seil eingefangen und mit dem Boot bis zur Scheune abgeschleppt, aber das blöde Vieh hat sich geweigert, die Rampe hochzugehen, darum mußten Boschwijks Junge und ich es in einer Schlinge am Flaschenzug hochhieven. Jetzt habe ich den Kahn zum Seedeich verpaßt und muß allein hinrudern.«

»Man hat uns ein Leben anvertraut, Stijn.«

»Das Baby da?« Er schaute zu ihm hinunter, nicht unfreundlich, aber flüchtig.

»Es ist ein Junge.« Sie wußte, daß Stijn es so eher akzeptieren konnte.

»Ganz schön spillerig. Wird wahrscheinlich die Woche nicht überleben.«

Sie zeigte ihm das Schriftstück. »Der einzige Name, der erwähnt wird, ist der des Malers.« Er drehte es um. Es folgte ein derart langes Schweigen, daß sie sich schon fragte, ob sie je wieder miteinander reden würden. »Eine Aufgabe des Himmels«, flüsterte sie.

»Freilich, und die Mittel, sie zu erledigen. Bring es am nächsten Markttag nach Groningen.«

»Das Baby?« Sie warf ihm einen ängstlichen Blick zu, denn es gab dort ein Waisenhaus.

»Das Gemälde.« Stijn packte sich ein großes Stück Käse und eine Schwarte gepökeltes Schweinefleisch ein und kletterte aus dem Fenster in sein Boot.

Der Junge war ein perfektes Baby. Sie fand, daß die Wölbung seiner Wangen und die Spitze seines Kinns die Form einer geöffneten Tulpe bildeten. Den ganzen Tag saß sie da und fütterte ihn tröpfchenweise, steckte ihren Finger in seinen Mund und ließ die Milch daran hinunterlaufen. Sie küßte seine Fußsohlen und hielt ihn warm und konnte es nicht lassen, ihn ständig zu berühren. Ab und zu warf er seine Arme weit auseinander, als wolle er sie und die Kinder und die Kuh und die ganze Welt umarmen. Sie würden Erkundigungen anstellen müssen, aber bis dahin hatte Gott ihn in ihre Obhut gegeben und ihr aufgetragen, ihn am Leben zu halten.

Alle paar Stunden fragte Marta: »Was machen wir mit ihm, Mama?« Und Piet wiederholte: »Was machen wir mit ihm?« Meistens lächelte sie nur und gab keine Antwort.

Stijn kam deprimiert nach Hause. Das Wasser würde nicht abfließen, solange die Seedeiche nicht repariert waren. Dann könnten die Entwässerungsmühlen ihre Arbeit aufnehmen, und wenn das Wasser bis zur Deichkrone des Damsterdieper Deichs abgesunken war, müßten sie zunächst diesen ausbessern. »Es werden schon Männer aus dem Landesinneren verpflichtet, bis nach Woldijk hinein. Die bekommen Unterkunft in Delfzijl, aber wir müssen von hier aus jeden Tag mit dem Kahn an den Deich.«

Sie reckte sich, um ihn auf die Wange zu küssen.

»Faß mich nicht an. Ich bin völlig verdreckt.«

Das hatte sie gesehen, aber es machte ihr nichts. Sie wich zurück.

»Wenn wir noch eine Frühjahrsbestellung schaffen, wäre das ein Wunder«, sagte er.

»Wir schaffen es. Ich weiß, daß wir es schaffen.« Sie legte die Hand auf seinen Arm und spürte, wie sich seine Muskeln verkrampften. Er neigte dazu, sich alles in den schwärzesten Farben auszumalen, und ihre Aufgabe war es, ihm die Hoffnung zu erhalten. »Das Baby hat heute fünf Mal Milch haben wollen.«

Er schaute auf den Korb, wo sie es hineingelegt hatte. »Was ist das für eine Mutter, die ihr Kind in einer Flut aussetzt?« Er zog sich die schweren Regensachen aus und setzte sich auf den Rand des Hochbetts im Alkoven. Piet, der im Kinderbett darunter lag, zupfte an seiner Hose. Stijn rückte mit dem Bein zur Seite.

»Eine, die keine andere Wahl hatte.«

»Der Nikolaus hat es gebracht«, sagte Piet, und da

erinnerte sich Saskia. Ein Fremder in einem Ruderboot, der um Milch gebeten hatte.

»Pst, Piet. Schlaf jetzt.« Aus einer Schüssel schüttete sie schmutziges Abwaschwasser aus dem Fenster. »Er ist ein braves Baby.« Genau in diesem Augenblick, als Stijn ihn anschaute, breitete das Baby die Arme aus. »Siehst du? Er mag dich.«

Die nächsten Tage verschwand Stijn im ersten Morgengrauen und kehrte erst nach Einbruch der Dunkelheit zurück, *doodmoe*, wie ihr Vater zu sagen pflegte, todmüde. Seine Energie reichte nur noch zum Essen und für ein paar Sätze, die er über die Arbeit fallenließ. Sie wagte nicht, die Frage der Namensgebung des Babys anzuschneiden, denn das würde es irgendwie zu einem Familienmitglied machen. Als sie ihm einmal die Windeln wechselte, nannte sie es Jantje, kleiner Jan, nach dem Namen auf dem Dokument, und Piet und Marta taten es ihr am Tage gleich, aber nicht am Abend.

Das Haus war für Saskia inmitten der Flut ein glückliches Eiland. Alles, was zu tun war, erledigte sie in dem gedrungenen Raum zwischen Säcken mit Hafergrütze, den Truhen und dem Tisch von unten, und natürlich Katrina, der Milchkuh. Jeden Tag streute Saskia frisches Stroh aus und legte die Kuhfladen zum Trocknen auf die Fensterbretter und das Dach. Später würden sie sie zum Düngen des Ackers brauchen. Dann ruderte sie mit Piet, der unter dem Eingesperrtsein mehr litt als Marta, zur Scheune hinüber, wo sie die getrockneten Fladen stapelten und ihren Vorrat an Getreide, Kartoffeln und Pökelfleisch aufstockten und Heu für Katrina holten. Weil sie Milch brauchten, mußte die Kuh bleiben, aber ihr Zugpferd führte Stijn über die Erdrampe vom Speicher in die Fluten und dirigierte es vom Ruderboot aus, so daß es zum Kanal schwimmen konnte, wo alle Pferde der Dorfbewohner auf einen Schleppkahn gehievt und zu trockenen Weiden im Landesinneren gebracht wurden. In einem gußeisernen Ofen, den sie als Aufsatz über dem kleinen Rost verwendete, konnte sie runde Brötchen backen statt der Brotlaibe, die sie normalerweise unten in ihrem großen Herd buk. Sie hatte das Butterfaß nach oben geschleppt, um Butter machen zu können. Sie würden überleben. Und Jantje auch. Er strampelte und zappelte mit seinen Füßchen, und manchmal spuckte er auch seine Milch wieder aus, aber sein Stimmchen wurde von Tag zu Tag kräftiger. Seine Augen schauten dankbar zu ihr auf, wie sie sich gern einbildete, und jedesmal ging ihr das Herz auf. An den Abenden schienen ihre Freude, ihre Berichte über die Ereignisse des Tages Stijn nur ärgerlich zu stimmen.

Es würde keine verheerende Flut sein wie die in der Bibel. Und sie war auch nicht so schlimm wie die St.-Elisabeth-Flut vor dreihundert Jahren, die ganze Dörfer fortgeschwemmt hatte. Sie erinnerte sich an ein düsteres Gemälde, das ihrer Großmutter gehörte und zu Hause über dem Virginal hing. Es hieß *Groot Hollandsche Waard* und stellte ein vormals dicht besiedeltes Dorf dar, das sich in einen permanenten See verwandelt hatte. Türme versunkener Kirchen ragten zwischen Schilfrohr und Nestern von Sumpfvögeln hervor. Darunter stand die nüchterne Mahnung: »Gott der Herr hat den Menschen aus den unermeßlichen Tiefen hervorgeholt und ihn über alles gesetzt. Ebenso aber besitzt Er die Macht, die Sünder unter ihnen der alles verschlingenden Sintflut anheimzugeben.« Als Kind hatte sie das Bild fasziniert, aber später, nachdem sie lesen gelernt hatte, fand sie den Spruch schrecklich. Die Vorstellung eines Gottes, der zürnte, gefiel ihr nicht.

Wenn die Flut ein Baby *und* ein wunderschönes Kunstwerk brachte, dann bedeutete das nicht die Apokalypse, nicht einmal eine Seelenprüfung. Es war nichts weiter als Wasser, das vier Fuß hoch in den Häusern schwappte.

An einem der seltenen warmen Tage setzte sie alle drei Kinder ins Boot, wobei sie das Baby in seinem Korb von einer Seilrolle am Giebelbalken herabließ, nur damit sie einmal aus dem Haus kamen. Sie atmete die Luft mit tiefen Zügen ein und ruderte ganz langsam, damit sie sich länger daran erfreuen konnten. Durch die Bewegung des Wassers schlief Jantje ein. Sie ruderte zu den vier anderen Häusern des Weilers und erkundigte sich an den Fenstern, ob vielleicht der Fremde im Ruderboot noch einmal vorbeigekommen sei. Ein Fremder? Es kämen doch jetzt die ganze Zeit nur Fremde vorbei, wo so viele Männer die Deiche reparierten, sagten sie. Sie erzählte ihnen von dem Baby und zeigte ihnen sein schlafendes, rosiges Gesicht. »Das wird noch eine ganze Weile dauern, bevor er dir deinen Garten umgräbt«, sagte eine Nachbarin. Alda, Boschwijks Frau, gab ihr etwas Melasse. Als sie wieder zu Hause waren, tröpfelte sie ihm ab und zu ein bißchen davon von einem Löffel in den Mund. Marta saß stundenlang neben ihm und wedelte mit einem Tuch vor seinem Gesicht herum; sie wollte sehen, ob seine Augen ihm folgten, und beim ersten Erfolg feierte Saskia das Ereignis, indem sie Melasse in den Teig gab und den Kindern süße Kuchen buk.

Was das Gemälde anging, so hatte sie es an einen Kleiderhaken gehängt, um es aus dem Weg zu haben. Abends hängte sie Kleidungsstücke darüber, damit Stijn nicht daran erinnert würde, aber tagsüber nahm sie die Sachen fort. Manchmal stellte sie es gegen die Wand, in das blasse, schräg einfallende Licht des Südfensters. Als sie eines klaren und heiteren Morgens nach einer Regennacht frisches Wasser geholt hatten, aus der kleinen Zisterne auf dem Dach und aus Eimern, die an der Dachtraufe festgebunden waren, wischte sie das Bild sauber. Wie es leuchtete, noch strahlender sogar als zuvor. Die rostbraunen Fasern im Rock des Mädchens glitzerten wie Ahornblätter in der Herbstsonne. Durch das Fenster strömte cremiges Licht von der Farbe der gelbblättrigen Jonquillen, erhellte das Gesicht des jungen Mädchens und reflektierte Lichtpunkte auf ihren glänzenden Fingernägeln. *Morgenglanz*, nannte sie es, denn ihre Großmutter hatte sie gelehrt, daß Gemälde Namen trugen.

»Eines Tages wirst du so sein wie sie«, sagte sie zu Marta, während sie ihr das Haar flocht. Sie erfand Geschichten über die junge Frau aus Groningen oder Amsterdam oder Utrecht, die mit ihrer Nähkunst berühmt wurde und bei der Menschen aus aller Welt anreisten, um sich ein Gewand von ihr schneidern zu lassen.

Wenn sie doch nur auch das Bild behalten dürfte. Sie besaß nicht viele schöne Dinge, besaß nicht einmal einen Geschirrschrank, nur eine Truhe, die der blaue Tischläufer ihrer Großmutter bedeckte. Nur einen Polstersessel. Nur vier bemalte Teller, die aufrecht im Regal standen, und einen Meßbecher aus Zinn. Das war nichts im Vergleich zu der weiß getünchten Küche voller Delfter Porzellan im großen Bauernhaus am Rande von Westerbork, wo sie aufgewachsen war, nichts im Vergleich zu Mutters langem Eßtisch aus Mahagoni und Großmutters Virginal in der guten Stube, den Gemälden an den Wänden und den Vorhängen aus blaßblauem Flachs.

Das Mädchen auf dem Bild trug einen blauen Kittel. Wie herrlich mußte es sein, sich in Blau zu hüllen – in das Blau des Himmels und des Himmelreichs, des hübschen kleinen Sees von Westerbork, an dessen Ufern der winzige blaue Ehrenpreis wuchs, in das Blau der Hyazinthen und des Delfter Porzellans und aller feinen Dinge. In einem Schwall von Blau zu leben, sich darin bewegen und aufgehen zu können.

Sie hielt Jantje an das Gemälde. »Guck, Jantje, wie schön sie ist. Vielleicht ist sie deine Mutter. Siehst du, wie jung sie aussieht? Eine feine Dame in einem feinen Haus.« Wenn es so war, dann sollte Jantje wissen, daß seine Mutter Blau trug. Der Schal war nicht blau genug. Außerdem war er alt und zerschlissen. Er brauchte das Gemälde.

Nicht nur Jantje brauchte es. Der orientalische Tischteppich, die Wandkarte, der verzierte Fensterriegel aus Messing – da Saskia diese Dinge im wirklichen Leben nicht besitzen konnte, wollte sie sie im Gemälde um so mehr. Während der freudigen Augenblicke, wenn Jantje mit seinem winzigen Mündchen Bläschen blies oder Piet sie mit seinen Possen zum Lachen brachte oder Marta ihr Brot mit einem abgespreizten kleinen Finger aß wie eine Dame beim Tee, da hörte das Wollen und Wünschen auf und sie war mit sich im reinen. Aber das war nie von Dauer.

»Dieser Junge stammt aus einer feinen Familie«, sagte sie eines Abends zu Stijn. Er blickte sie nur an, offensichtlich zu müde, um sie mit Worten zu fragen, woher sie das wüßte. Zusammengesunken saß er da und wartete ihre Erklärung ab. »Schau doch diesen Spitzenbesatz auf der Borte ihrer Haube. Sie hat auch keine Eile, die Knöpfe anzunähen. Sie hat die Muße, aus dem Fenster zu sehen, und es spielt keine Rolle, ob sie heute oder erst am nächsten Tag angenäht werden. Es ist die Mutter des Jungen, als sie noch ein Mädchen war, glaube ich. Nur feine Leute lassen ihr Porträt malen. Ich möchte, daß er weiß, wer sie ist. Es wäre nicht rechtens, ihn als einen von uns auszugeben.«

»Morgen ist Markttag in Groningen«, sagte Stijn.

»O bitte nicht, Stijn. Laß uns noch ein Weilchen warten.«

»Wir werden das Geld bald brauchen.«

In dieser Nacht schlief sie neben ihm in dem schmalen Bett, ohne ihn zu berühren. Als sie am Morgen die Fensterläden öffnete, blickte sie in einen aschgrauen Nebel, der die ganze Gegend verfinsterte, so daß sie kaum ihre eigene Scheune ausmachen konnte. »Ich danke Dir, himmlischer Vater«, flüsterte sie. Stijn würde sie auf keinen Fall auf unwegsamen Wassern in den Nebel hinausschicken. Sie würde sich bestimmt verirren. Am nächsten Markttag täuschte sie Krankheit vor, vermutete aber, daß er sie durchschaute. Beim übernächsten Mal war Piet tatsächlich krank geworden. Auf diese Weise trat die Angelegenheit des Gemäldes in den Hintergrund. Sie sah ihm oft prüfend ins Gesicht, auf die hauchdünnen Fältchen um seine Augen, um festzustellen, ob er noch daran dachte.

»Wieviel Kartoffeln haben wir noch?« fragte er eines Abends, nachdem die Kinder eingeschlafen waren.

Sie wußte, daß er die Kartoffeln zum täglichen Verbrauch meinte, denn kein Bauer, nicht einmal ein Hunger leidender Bauer, würde seinen Vorrat an Saatkartoffeln anrühren, die neue Sorte, die Stijn im Norden einführen wollte.

»Fast eine Tonne voll«, sagte sie unbestimmt.

Er fragte nicht nach dem Pökelfleisch. Aufgrund der kleineren Portionen, die sie in letzter Zeit austeilte, wußten sie beide, daß nicht mehr viel da war.

»Ich habe etwas gehört, was man sich auf dem Deich erzählt, und das dich vielleicht interessiert.«

»Was denn?«

»Daß am Tag des Dammbruchs in Delfzijl eine Frau gehängt wurde. Eine verrückte junge Hexe. Wegen Mordes.«

»Und?«

»Und ein paar Tage später kreuzt ein Baby auf. Wenn eine Schwangere gehängt werden soll, wartet man immer erst die Geburt ab. Scheint mir ein klarer Fall zu sein.«

»Die Mutter dieses Kindes war keine Mörderin. Sie war nicht einmal ein einfältiges Mädchen vom Lande.«

»Woher willst du das denn so genau wissen.«

»Dann schau dir nur das Bild an. Schau dir den Fußboden an. Steinfliesen. Vielleicht sogar aus Marmor. Schau dir den Tischteppich an. Das ist nicht das Heim einer verrückten jungen Hexe oder einer Torfstecherin, nicht einmal einer Bäuerin.« Sie sah, wie er bei dem letzten Wort leicht die Lippen zusammenpreßte. Die Abstammung, die sie für Jantje erfunden hatte, wurde für sie um so wirklicher, je mehr ihr Bedürfnis wuchs, daß es so wäre. »Jantje stammt aus gutem Hause. Aus Groningen oder Amsterdam. Aus einem Haus mit einer Landkarte an der Wand und hübschen Möbeln und einer Mutter, die sich blau kleidete.«

»Jantje?«

Sie errötete, als ihr bewußt wurde, was sie gesagt hatte.

»Das Kind wurde bei keiner anderen Familie ausgesetzt, Stijn. Der Herr hat einen Kontrakt mit uns geschlossen.«

»Und du brichst ihn, wenn du das Gemälde nicht verkaufst.«

»Können wir nicht einfach warten? Er kostet uns doch gar nichts. Nur ein bißchen Milch.«

»Ein bißchen Milch, das besser zu Käse gemacht würde. Ein bißchen Milch, das verkauft werden könnte. Und vergiß nicht, Katrina wird lange vor unseren Feldern trocken stehen.«

Sie wandte sich von ihm ab. Er trat von hinten an sie heran und legte ihr die Hände auf die Schultern. »Ich bitte dich ja nicht, das Kind herzugeben, Saskia.«

Sie nickte, verstand, daß seine Worte ein Zugeständnis waren, und rührte sich nicht, um das Gewicht seiner Hände genießen zu können. Er näherte sich mit seinem Gesicht dem ihren, und sie hielt den Atem an.

»Fahr morgen nach Groningen. Es bringt sicherlich fünf Gulden ein. Vielleicht acht, wenn wir Glück haben. Das wird uns ausreichend mit Fleisch versorgen.«

»Aber –«

»Sieh zu, daß du dich erst ein bißchen erkundigst. In der Gegend um die Universität herum. Akzeptiere kein Gebot unter acht Gulden. Versuch, zehn zu bekommen. Und zeig ihnen das Schriftstück.«

In der Dämmerung am nächsten Morgen ließ sie zuerst Piet und Marta, dann das in ein Bettlaken gewickelte Gemälde und schließlich das Baby in ihr Boot herab. Sie ruderte ins Landesinnere und folgte dabei den kahlen Bäumen, die den Damsterdiep säumten. Die Deichstraße stand anfangs noch unter Wasser, aber weiter landeinwärts tauchte sie allmählich auf. Durch seichtes Wasser, das ab und an von Riedgras durchstoßen wurde und auf dem sich Enten tummelten, ruderte sie bis nach Woldijk, dem ersten Deich, der hielt, dort wo er auf das Damsterdiep traf. Sie vertäute das Boot an einem Deichpfosten und kletterte hinaus, mit steifen Beinen, aber dem Hochgefühl, auf festem Boden zu stehen. Sie zahlte einem Jungen einen halben Grot, damit er das Boot bewachte. Sofort rannten Piet und Marta die Deichstraße hinauf und riefen: »Land, Land!« Sie ließ sie laufen, bis ein kleiner Kahn, der von einem Pferd gezogen wurde, nach Groningen abfahrbereit war.

Der Anblick von Stoppelfeldern auf der Binnenseite des Deichs, die darauf warteten, bestellt zu werden, stimmte sie hoffnungsfroh. Doch nicht einmal das würde Stijn Mut machen. Es war nicht Hoffnung, was diesen Mann mit Gott verband. Oder Dankbarkeit. Oder Gefallen an einem Vogel oder einem

Blatt zu finden. Oder an einem Kuß. Statt dessen nahm Angst diesen Platz ein: Das nackte Entsetzen, das letzte Saatkorn in der Hand zu halten, während die Felder noch naß waren. Die Angst, den Hof verlassen zu müssen und an einer Gracht in Amsterdam zu verhungern, die Vorstellung, daß sich seine Familie, jedes Mitglied mit einer Almosenschale in der Hand, langsam in einer Schlange vor dem Armenhaus nach vorn schob. Aber das war ein Gott, von dem sie nichts wissen wollte.

In einiger Entfernung erhob sich der Martinsturm über die Ebene, und als sie sich der hoch aufragenden, steinernen *Waterpoort* von Groningen näherten, quietschten die Kinder vor Vergnügen und machten Luftsprünge. Wann und wo in ihrem Leben geschah es, und durch welche Abgründe mußten Männer und Frauen gehen, daß sie diese überbordende Unbeschwertheit verloren?

Sie fuhren an der Zuckerrübenraffinerie vorbei und an der Gasse der Metallarbeiter, wo sich die Kinder bei all dem Geklopfe und Gehämmer die Ohren zuhielten. Für Piet und Marta war Groningen eine Traumstadt, voller verwunschener Bauten und Torbögen und Fenster, hinter denen sich Geheimnisse verbargen. Sie löcherten sie mit tausend Fragen – was macht der Mann da? Was hat er in dem Karren? Wozu braucht man dieses Metallding? –, so daß sie mit ihren Antworten nicht mehr nachkam. Und Leute. So viele Leute, sagten die Kinder erstaunt.

Am Kai ließ sich Saskia eine Wegbeschreibung zur

Universität geben und betrat eine Buch- und Schreibwarenhandlung voller Folianten und Mappen und Papiere und einigen wenigen Gemälden sowie einer Fülle detaillierter Zeichnungen von Pflanzen, Tieren und dem menschlichen Körper. Sie legte das Gemälde auf den Ladentisch und knüpfte das Laken auf. Wenn es denn geschehen sollte, dann wollte sie es schnell hinter sich bringen.

Der verschrumpelte Ladenbesitzer schaute es nur einmal an und fragte sofort: »Wo haben Sie das her?«

Sie fühlte, wie sich Piet und Marta von beiden Seiten an ihre Beine drückten. »Ich habe es geschenkt bekommen.« Sie faltete das Zertifikat auseinander, damit er es sehen konnte. Er streckte seine Hand danach aus, aber sie ließ es nicht los. Sie wollte ihn nicht auf die Rückseite schauen lassen.

Während er es las, verkrampften sich die Finger seiner rechten Hand. Er starrte sie durchdringend an, und seine Augenbrauen zuckten auf ausgesprochen unangenehme Weise, was Piet zum Kichern brachte. Sie kniff ihn in den Nacken, um ihn zur Ordnung zu rufen. Sie wußte, daß er auf der gesamten Heimfahrt im Boot immer wieder mit den Augenbrauen zucken und dann einen Lachanfall bekommen würde.

Der Blick des Mannes wanderte an ihrem handgewebten Rock aus grobem schwarzem Barchent bis zu ihren alten Holzpantinen hinunter. »Geschenkt bekommen?«

»Ja, mein Herr.« Sie hielt das Papier fest in der Hand.

»Wissen Sie, wer Jan van der Meer ist?«

»Nein, mein Herr.«

»Ich gebe Ihnen ...«, er zögerte, und Marta legte die Fingerspitzen auf die Kante des Ladentisches. Saskia mahnte sie sanft mit einem Kopfschütteln und Marta ließ hastig die Hände hinter dem Rücken verschwinden. »... Vierundzwanzig Gulden dafür.« Er wandte sich ab und langte nach seiner Geldkassette, wie um den Handel abzuschließen.

Sie war so überrascht, daß ihr entfuhr: »Vierundzwanzig?« Jantje stieß einen kleinen Schrei aus, und sie merkte, daß sie ihn zu fest an sich gedrückt hatte. Sie verlagerte ihn von der einen Hüfte auf die andere.

»Fünfundzwanzig. Keinen Stuiver mehr.«

Stijn würde außer sich sein vor Freude. Fünfundzwanzig Gulden würden ihn ihr gegenüber zärtlich stimmen, und es bedeutete, daß sie Jantje endgültig behalten dürfte.

Aber der Mann schaute sie nicht an. Er saß nur da und stapelte die Münzen zu kleinen Türmen. Er hatte lange gelbe Fingernägel. Einem Mann mit langen Fingernägeln konnte sie nicht trauen. Das Gemälde mußte sogar noch mehr wert sein. Ihr war es ganz gewiß mehr wert.

»Nein, danke.« Sie wunderte sich, wie fest ihre Stimme klang. Piet warf ihr einen verwirrten Blick zu. Sie wickelte das Gemälde wieder in das Laken, verknotete sorgfältig die Enden und spürte, wie der Mann ihr zur Tür folgte und sie mit vielen Worten umzustimmen versuchte, die für sie nichts als ein Wirrwarr ferner Laute waren.

Als sie wieder draußen stand, erfaßte sie Panik, und sie bekam einen Schweißausbruch. Was, wenn sie einen Fehler gemacht hatte? Was, wenn ihr jetzt überall nur noch weniger geboten wurde? Fünfundzwanzig Gulden! Nicht nur, daß sie von fünfundzwanzig Gulden bis zur nächsten Ernte genug zu essen hätten, sie könnten sich davon auch noch eine Sau und einen Eber leisten. Stijns Traum von einer Schweinezucht könnte wahr werden, und sie hätte es ihm ermöglicht.

»Fünfundzwanzig Gulden«, sagte Piet mit übertriebener Strenge und zuckte so unbändig mit den Augenbrauen, daß sein ganzes Gesicht bebte. Marta prustete vor Lachen.

Saskia lief zügig, aber ziellos durch die Straßen, kaufte den Kindern an einem Marktkarren eine Zimtwaffel und machte sich Sorgen. Sie lugte ins Schaufenster eines Antiquitätenhändlers und sah darin ein Gemälde an der Wand hängen. Sie sagte Marta, sie solle sich bei Piet festhalten, und dann betraten sie den Laden. Eine Fülle von Trinkhörnern und Humpen, Pokalen und Krügen stand auf Truhen und Tischen herum. »Rührt nichts an«, ermahnte sie sie. Marta und Piet waren begeistert, forderten sich gegenseitig flüsternd auf, jede neue Entdeckung zu bewundern – Bücher, Brokatkissen, Schnitzereien aus Ostindien –, und als sie vor einem großen Spiegel standen, konnten sie der Verlockung nicht widerstehen, Grimassen zu schneiden, Augenbrauen und Nase, Wangen und Mund gleichzeitig zu verziehen, und über ihren Anblick zu kichern. »Pst«, befahl Saskia, die selbst ein kleines Lachen unterdrücken mußte.

Die Frau im Laden wickelte gerade ein Geschäft mit einem Kunden ab, daher hatte Saskia Gelegenheit, in Ruhe eine vergilbte, aufrollbare Landkarte zu betrachten, die an der Wand hing. Die Ortsnamen waren ihr sämtlich fremd. Sie konnte weder Oling noch Westerbork darauf finden. Sie hatte das Gefühl, von nirgendwo zu stammen. Piet und Marta gackerten jetzt noch lauter, darum schubste sie die Kinder sanft Richtung Tür und schickte sich an, das Geschäft verlassen, als die Frau sagte: »Haben Sie vielleicht einen Wunsch?«

Saskia schreckte auf, als sie angesprochen wurde. »Nein, vielen Dank«, murmelte sie und lächelte, wie um sich zu entschuldigen. In der Tür blieb sie stehen und drehte sich um. »Nun, doch, ich hätte eine Frage. Wissen Sie zufällig, wer Jan van der Meer ist?«

»Natürlich. Aus Delft. Der Maler aus Delft. Vermeer.« Der Blick der Frau fiel auf das Bild im Tuch. »Haben Sie etwas, das Sie mir zeigen möchten?«

Saski ging wieder hinein und wickelte das Bild aus, und die Kinder wurden wieder ernst. Wie immer, wenn sie es zuließ, fühlte Saskia, wie sie von dem sauberen und kargen, sonnendurchfluteten Raum mit dem jungen Mädchen aufgesogen wurde.

»Licht. Er hat Licht gemalt, wissen Sie. Wunderbar.« Die Frau ging mit dem Gemälde ans Fenster. »Schauen Sie sich ihre Haut an. Glänzend wie weiche Seide. Könnte sein. Könnte durchaus sein.«

»Könnte was sein?«

»Ein Vermeer, meine Liebe.«

Saskia faltete das Zertifikat auseinander und reichte es ihr. Die Frau las es mehrmals durch und drehte es dann um. Sie schaute Saskia lange an, dann lächelte sie dem Baby auf ihrer Hüfte zu.

»Woher kommen Sie?«

»Aus Oling. Es ist nur ein Weiler. In der Nähe von Appingedam. Wir sind überschwemmt worden, und –«

»Gehen Sie mit dem Gemälde nach Amsterdam. Man wird Ihnen dort wesentlich mehr bieten, als ich Ihnen bezahlen kann. Oder jeder andere Händler in Groningen. Gehen Sie damit zu den Läden am Rokin. Akzeptieren Sie nichts unter achtzig Gulden. Und achten Sie darauf, daß es keinen Regen abbekommt.«

»Achtzig!«

Ihre Stimme klang so schrill, daß auch Piet kreischte: »Achtzig!«

Nachdem sie sich der Summe mehrfach vergewissert und das Bild eine Zeitlang zusammen mit der Frau bewundert hatte, verkaufte ihr Saskia den blauen Tischläufer aus Leinen mit der kunstfertigen Klöppelarbeit ihrer Großmutter und bahnte sich dann, das eingewickelte Gemälde im Arm, ihren Weg über den Marktplatz zu den Metzgerbuden.

Während sie von Woldijk nach Hause ruderte, flatterten ihre Gedanken wie ein Vogel im Käfig. Was sollte sie Stijn erzählen? Daß sie es nicht hatte verkaufen können? Daß es nur vier Gulden gebracht hätte und sich daher der Verkauf nicht lohnte? Sie würde statt dessen ihr kleines Gewürzkästchen verkaufen. Damit würden sie durchkommen. Er würde nie erfahren, was der erste Händler geboten hatte. Oder was die Frau gesagt hatte. Er würde ihr vertrauen. Sie hatte ihm nie Anlaß gegeben, es nicht zu tun.

Zu Hause wickelte sie das Gemälde aus und hängte es wieder an den Haken, ohne es unter irgendwelchen Kleidungsstücken zu verstecken. Achtzig Gulden!

Die Geschichte, die sie sich ausgedacht hatte, erwachte wieder zu neuem Leben. Warum sollte eine so junge Frau, die es sich leisten konnte, ihr Porträt von einem großen Künstler malen zu lassen, warum sollte sie, wie konnte sie ihren Sohn weggeben? So wie der Künstler sie gemalt hatte, war sie mit sich nicht im reinen. Sie saß nach vorn gebeugt, und ihr angespannter Rücken kündete von einem inneren Kummer. Sie war eine verzweifelte Frau, die Schwächen hatte, genau wie sie, Versuchungen unterlag, genau wie sie. Eine Frau, die Bedürfnisse hatte. Eine Frau, die fast bis zur Selbstauflösung liebte. Eine Frau, die wahrscheinlich zuviel weinte, genau wie sie. Eine verängstigte Frau, die lieber glauben wollte, als daß sie wirklich glaubte, denn warum würde sie sonst ihren Sohn hergeben? Eine Frau, die betete:

»Herr, ich glaube; hilf meinem Unglauben!« Im stillen diese Worte zu sprechen schnürte ihr die Kehle zu, und sie mußte weinen.

Sie versuchte, die Kinder zum Einschlafen zu bringen, bevor Stijn nach Hause kam. Ob der Herr ihr verzieh oder nicht, sie würde es Stijn nicht erzählen. Vier Gulden, falls er fragte. Nachdem die Kinder eingeschlafen waren. Obwohl ihr jedesmal, wenn sie erneut etwas Schönes auf dem Bild entdeckte, ihre Lüge schmerzlich bewußt werden würde, würde die Wahrheit eine Kluft zwischen ihnen schaffen, die keine Zärtlichkeit überbrücken konnte.

Sie beobachtete Stijns Augen, als er durch das Fenster hereinkam. Das erste, was er sah, war das Gemälde. Das zweite war der Topf mit dem Rindereintopf. Seit der Flut hatten sie kein Rindfleisch mehr gegessen. Sie setzte ihm eine Schale vor, damit ihn das Aroma milder stimmte. »Ich habe Großmutters handgearbeiteten Tischläufer verkauft«, erklärte sie. Noch im Stehen aß er einen Löffel voll und hängte seine matschverkrustete Jacke über das Bild.

Sie zog die Luft ein und konnte sich nur mit Mühe zurückhalten, die Jacke vom Haken zu reißen. Marta und Piet steckten ihre Köpfe aus dem Alkoven heraus. »Wir haben ganz viele Brücken und Kirchen und Bettler gesehen«, sagte Marta, und Piet machte einen blinden Mann nach, der den Menschen seine Schale entgegenhielt.

»Und wir sind im Pferdekahn gefahren«, fügte er hinzu.

»Sieh mal an.« Stijn langte nach unten und strubbelte Piet das Haar.

»Pst. Ihr solltet längst schlafen«, sagte Saskia.

»Was ist mit dem Gemälde?«

»Das erzähle ich dir später«, flüsterte sie und machte eine Kopfbewegung zu den Kindern hin. Sie konnte vor ihnen nicht lügen.

Sie sah zu, wie Stijn den Eintopf aß. Als nur noch Brühe übrig war, setzte er die Schale an den Mund. Sie tat ihm mehr auf. Als er fertig war, standen sie beide im selben Moment auf, bewegten sich gleichzeitig erst in die eine, dann in die andere Richtung, um sich an den Truhen und Katrina vorbeizuzwängen, die ob der Störung ungehalten mit dem Schwanz peitschte. Saskia stieß ein nervöses, unnatürliches Lachen aus. Er sah sie fragend an. Früher als sonst schlüpfte sie in ihr Nachthemd, blies die Petroleumlampe aus und kletterte ins Hochbett. Mit einer Engelsgeduld wartete er auf ihre Erklärung. Erst als er sich neben sie legte, fragte er noch einmal: »Warum hast du das Bild nicht verkauft?«

»Ich konnte nicht«, sagte sie, und es war die Wahrheit. »Ich habe es versucht«, und auch das war wahr. Sollte er es verstehen, wie er wollte. Sie wandte sich von ihm ab. Kurz darauf legte er seine Hand auf sie und drehte sie wieder zu sich hin. Er wartete immer noch.

»Stijn, es ist, als würde man die Mutter des Jungen verkaufen. Es macht ihn zur Waise.« Sie wußte, daß es lächerlich klang, was sie da erzählte, aber im

Dunkeln fiel es ihr leichter, ihre Gefühle zuzugeben. Die ganze Härte des entbehrungsreichen Lebens im freudlosen Norden bemächtigte sich ihrer wie eine Flut, und sie rief: »Hier oben gibt es doch nichts Schönes. O ich weiß, daß du es liebst, daß du nichts mehr liebst, als auf deine Reihen von Kartoffeln zu schauen, daß du das ewige karge Einerlei von Buchweizen, Buchweizen, und nochmals Buchweizen liebst, aber deswegen bin ich nicht hierhergezogen. Ich bin deinetwegen hierhergezogen, und wenn wir es schaffen, ohne das Bild verkaufen zu müssen ... ich verkaufe mein Gewürzkästchen. Oder wir können uns etwas von Vater leihen. In Woldijk schaut schon das Riedgras aus dem Wasser.«

Sie lagen lange Zeit in der Dunkelheit nebeneinander, bevor er fragte: »Wieviel hat man dir geboten?«

Wieder verging eine Weile, während sie horchte, ob die Kinder sich rührten. Trotz der Stille flüsterte sie: »Fünfundzwanzig Gulden.«

Die Luft entwich ihm zwischen den Zähnen, daß sie den Hauch im Nacken spürte. Sie hielt den Atem an und bewegte sich nicht, während die Ungeheuerlichkeit der Summe für ihn Gestalt annahm. So sehr sie auch versuchte, sich zu beherrschen, sie drückte ihren Kopf ins Kissen und weinte hinein.

»Ich hätte es verkauft, wenn ich überzeugt gewesen wäre, daß es ein fairer Preis ist.«

»Fair? Was verstehen wir schon von diesen Dingen?«

»Ich habe es nicht verkauft, weil mir eine andere Frau gesagt hat, daß es achtzig wert ist. In Amsterdam. Darum solltest du das Gemälde lieber nicht so behandeln«, sagte sie, »indem du deine verdreckte Jacke darüber hängst.«

»Achtzig!« flüsterte er. Nach einem langen Schweigen spürte sie, wie er aus dem Bett stieg und hörte, wie er seine Seemannsjacke auf den blanken Fußboden fallen ließ.

Zum ersten Mal in ihrer Ehe empfand sie eine Leichtigkeit, ein Gefühl der Macht, im Recht zu sein. Sie hakte nach. »Wie ich ja sagte, ist Jantje nicht das Kind irgendeiner gesetzlosen Bauernmagd, nicht einmal der Sohn eines Bauern.« Sie hörte, wie scharf das letzte Wort klang und wußte, daß auch er es so verstanden hatte. Sie drehte ihm den Rücken zu, und sie lagen beide stumm nebeneinander, bis sie in einen festen und friedlichen Schlaf fiel.

Am nächsten Morgen, in jenen wenigen Augenblicken des Halbschlafs, bevor sie sich überhaupt bewegte, aber schon Katrinas Unruhe hörte, die gemolken werden wollte, spürte sie, daß Stijn liebevoll seinen Arm über sie gelegt hatte. Sie blieb still liegen, um die zärtliche Geste auszukosten, und nach einer Weile schob sie ihre Hand in die seine.

Die Reparatur der Seedeiche war früher vollendet, als sie erwartet hatten, und so kam es, daß sich bald alle Entwässerungsmühlen drehten. Stijn arbeitete jetzt auf dem Damsterdiepdeich, und während der

Arbeitstrupp der Männer immer weiter ins Landesinnere rückte, hob sich seine Stimmung. Sie beobachtete sogar, wie er einmal Jantje am Bauch kitzelte, und er nannte ihn Jantje anstatt »das Baby«. Jantje gab inzwischen gurgelnde Plapperlaute von sich. Sie war sich nicht sicher, ob sie ihm »Mama« und »Papa« beibringen sollte, darum versuchte sie es mit »Kuh« und »Wasser«.

Ach, könnte doch Stijn wenigstens einen Augenblick genauso empfinden wie sie, könnten sie doch gemeinsam die Aufgabe bestehen, die Gott ihnen auferlegt hatte, könnte er nur Jantje genauso sehen, wie er Piet und Marta sah, und die Macht erkennen, die in Gottes Absicht lag. Vielleicht besäße er dann genug Vertrauen, sie das Gemälde behalten zu lassen. Aber dafür gab es keine Anzeichen. Die Frage des Bildes schwebte ständig unausgesprochen in der Luft ihres kleinen Dachgeschosses, und mit jedem Tag gab sie weniger und weniger gepökeltes Schweinefleisch in den Eintopf, und dann immer weniger Mohrrüben und Gartenbohnen, die sie bei dem Gemüsehändler kaufte, der sich gelegentlich in einem Kahn zu den überschwemmten Dörfern vorwagte. Schließlich wurde aus dem Eintopf eine Kartoffelbrühe, Tag für Tag, und Saskia war sich sicher, daß er ihr nun sagen würde, sie müsse das Bild verkaufen.

Der Frühling kündete sich mit kleinen Hinweisen an – nur durch einen zarten Hauch in der Luft und ein paar Gräser, die die Wasseroberfläche durchstießen. Landeinwärts, kurz vor Woldijk, war der Boden naß, aber die Felder nicht mehr überschwemmt, und die Bauern verstreuten Abfall aus der Stadt, um ihren Acker zu düngen. Sie würden vielleicht doch noch ihre Zuckerrohrernte einbringen, aber Stijn saß nur brütend am Fenster und schaute auf seine nassen Felder. Jede Woche machte ihn Saskia auf ein paar neue Zweige von Bäumen aufmerksam, die aus dem Wasser ragten, und auf ein weiteres Brett, das an der Scheune sichtbar wurde.

Die Einsätze der verpflichteten Männer wurden weniger, und die *Waterschap* gewährte jedem Bauern in der Woche einen freien Tag von der Deicharbeit. Für Stijn gab es auf dem Hof nicht viel zu tun, darum sagte er, daß er mit ihnen einen Ausflug im Ruderboot machen wollte.

»Und können wir nach Woldijk fahren und auf der Deichstraße Wettrennen machen?« fragte Piet.

»Ja, und vielleicht sogar nach Groningen.«

»Und unser Pferd besuchen?« fügte Marta hinzu.

»Natürlich.«

Es würde ein Ferientag werden. Stijn hatte schon monatelang nicht mehr so unbeschwert gewirkt. Sie wußte, daß hinter Woldijk Heideland war. Der Lungenenzian würde zwar noch nicht blühen, aber es gab dort gelbe Pimpernellen und Blaues Fettkraut, die sie pflücken und mit nach Hause bringen konnte, wo sie ein oder zwei Tage halten würden. Schon brach die Sonne durch die Wolken und ließ das Wasser an manchen Stellen silbern glitzern.

Aber zuerst ging Stijn zur Scheune.

Sie stand regungslos da und schloß die Augen. Katrinas endloses Käuen hallte im Raum wider.

Sie hörte ihn über das Wasser schreien. Keine Worte. Keinen Fluch. Nur ein dunkles, verzweifeltes Gebrüll.

Durch das Fenster beobachtete sie, wie er das Wasser mit den Rudern durchpflügte. Sie wußte nicht, wohin mit den älteren Kindern, damit sie nicht mit ansahen, was als nächstes geschah. Sie legte Jantje in die hinterste Ecke ihres Alkovens.

Stijn schrie schon, als er durch das Fenster einstieg. »Saskia, wie konntest du? Die Saatkartoffeln! Du hast die Saatkartoffeln angebrochen.«

Piet drückte sich gegen die Wand.

»Ich –«

»Jede Bauersfrau, jede Bauerstochter weiß, daß man die Saatkartoffeln nicht anrührt. Es ist nur noch eine Vierteltonne übrig! Das reicht kaum, um mehr als ein paar Reihen Kartoffeln zu setzen.«

Marta verkroch sich tief im Kinderbett.

»Ich dachte, hinter den Heuballen steht noch eine Tonne«, sagte Saskia, obwohl sie wußte, noch als sie es sagte, daß es nicht die Wahrheit war. Sie würden dieses Jahr keine Kartoffeln mehr anpflanzen können, da könnten sie sie genausogut auch essen. Die Kartoffeln hielten sich nicht länger als ein Jahr. Nun wußte sie es ganz genau – er hatte die Hoffnung nie aufgegeben, noch später im Jahr zu setzen.

»Noch eine Tonne? Du weißt genau, daß keine da

war. Und du wußtest, wenn ich das erfahren würde, hätten wir das Gemälde verkaufen müssen.«

Er legte nicht Hand an sie – das würde er nie tun –, aber er starrte sie mit einem Blick an, der ihr die Seele zusammenschrumpfen ließ. Sie fühlte, wie der Herrgott mißbilligend auf sie herabschaute. »Selbstsüchtig. Selbstsüchtig! Ich habe dein wahres Wesen nie gekannt.«

»Vielleicht sollte ich es dir dann sagen. Es war deine Idee, sich an diesem öden Ort niederzulassen. Drei Jahre bin ich nicht zu Hause gewesen. Meine Eltern haben Piet nicht mehr gesehen, seit er ein Baby war, aber ich habe mich kein einziges Mal beklagt. Und habe es kein einziges Mal bereut. Und kein einziges Mal habe ich die Flut oder unser Pech oder den Herrgott verflucht. Oder dich.«

»Aber die Saatkartoffeln eines Mannes sind seine Zukunft. Sie sind sein *Leben*.«

»Mehr nicht? Mehr als das ist es nicht? Ich glaube es nicht. Du grollst. Und weißt du was? Du grollst nicht mir, wegen der Kartoffeln. Oder weil ich das Bild nicht verkauft habe. Du grollst auch nicht Jantje. Es ist wegen der Flut. Und weißt du, gegen wen sich dein Groll richtet? Gegen Gott. Du siehst im Leben nur die Arbeit. Nichts als pflanzen und schleppen, häufeln und graben. Mehr ist das Leben nicht für dich. Aber für mich schon, Stijn. Für mich schon. Es muß im Leben auch ein bißchen Schönheit geben.«

Die Stube im Obergeschoß war plötzlich zu klein

für ihn geworden. Er kletterte aus dem Fenster und nahm Piet und Marta mit, hielt sein Wort, weil er ihnen einen Ausflug versprochen hatte, und sie blieb mit Jantje und Katrina allein. Ihr erster gemeinsamer Ausflug ins Freie nach über einem Jahr. Verdorben. Schluchzend durchmaß sie ein paarmal die wenigen Meter des Zimmers, hob einen getrockneten Kuhfladen auf und schleuderte ihn aus dem Fenster, dem sich entfernenden Boot hinterher. Er kam nicht einmal halbwegs heran.

Einen schönen Spaß würden Piet und Marta heute mit diesem Mann haben. Ein Glück, daß sie ihn los war. Sie warf sich so heftig aufs Bett, daß es Jantje ein Stück in die Luft hob.

Stijn blieb den ganzen Tag fort. Zum ersten Mal während des Hochwassers hatte sie Angst. Sie hatte immer in dem schlichten Glauben gelebt, daß sich alles stets zum Guten wenden würde – so jedenfalls war es auf dem Hof ihrer Familie in Westerbork gewesen –, aber Oling war nicht Westerbork. Und Stijn war nicht ihr liebevoller Vater.

Nicht, daß Stijn nicht liebevoll war. Es war nur so, daß sie nach acht Jahren immer noch Schwierigkeiten hatte, den Unterschied zwischen seiner Liebe und seiner Sorge festzustellen. Sie hatte sich in einer Sache getäuscht. In Stijns Hoffnung. Sie war vorhanden, noch stärker als ihre eigene, aber noch tiefer unter der dunklen Bodenständigkeit seiner Seele begraben.

Am späten Nachmittag betrachtete sie das Gemälde eine lange Zeit, steckte es dann in einen leeren Getreidesack und nähte ihn zu.

In der Abenddämmerung hörte sie singende Kinderstimmen und seine tiefe Stimme, die im Refrain eines albernen Kinderliedes einsetzte, aber als das Boot näher kam, verblaßte der Gesang und verklang schließlich ganz. In einer unerträglichen Stille legte Stijn die Ruder ab und ließ das Boot langsam zum Haus gleiten.

Durch das Fenster reichte ihr Marta eine Handvoll verwelkter blauer Wildblumen. »O danke, *Liefje*. Das ist Wiesenschaumkraut.« Sie blickte Stijn an, der hinter den Kindern ins Haus kletterte. Der Name sagte ihm nichts. Piet erzählte ihr mit einer sich überschlagenden Stimme, was sie am Tage erlebt hatten, aber Stijn blieb stumm. Sein Zorn war verflogen, und zurück blieb nur eine Unbeholfenheit.

»Ich fahre nach Amsterdam. Übermorgen«, sagte sie. »Morgen backe ich, damit du genügend zu essen hast, und ich nehme die Kinder mit. Alda kann mich nach Woldijk rudern.« Von dort aus konnte sie einen Passagierkahn nach Groningen nehmen, und noch einen und noch einen, den ganzen weiten Weg nach Amsterdam. Die Reise würde hin und zurück jeweils zwei oder drei Tage dauern, je nachdem, welche Anschlüsse sie bekamen.

Am Morgen ihrer Abfahrt spürte sie, wie ihr sowohl Stijns als auch Katrinas Augen folgten, als sie noch ein paar Dinge einpackte. »Wenn du annähernd achtzig bekommen kannst«, sagte er zum Abschied,

»dann nimm davon fünf für dich und kauf dir ein anderes Gemälde. Etwas, das dir gefällt.«

Als sie auf den unbequemen Bänken an Bord des großen Kanalschiffs saßen, das Richtung Süden nach Groningen fuhr, kam sie sich vor wie eine Vagabundin, die ihre gesamte Habe um sich geschart hatte. Hin und wieder konnte die Freude der Kinder über etwas, das sie sahen, durch ihre trüben Gedanken zu ihr vordringen. Wozu das alles? Sich für das Leben zu begeistern, für das gemeinsame Leben, für einen Bauernhof und eine neue Feldfrucht, die die ganze Welt ernähren würde, um dann zusehen zu müssen, wie sich alles in Arbeit auflöste und nochmals Arbeit und in winzige, sich mehrende Trennungen. Wie fügte sich das alles nur zu einem Ganzen?

Hinter Assen mußten sie darauf warten, daß ein größeres Boot vor ihnen die Schleuse passierte, darum ging sie von Bord, damit die Kinder auf der Deichstraße umherlaufen konnten. Ein kleiner Wasserlauf führte nach Osten. »Ist das der Westerborker Stroom?« fragte sie den Schleusenwärter.

»Freilich, Madam.«

Es zerriß ihr das Herz. Der Westerborker Stroom würde sie über Beilen geradewegs nach Westerbork bringen.

»Gibt es eine Verbindung?«

Er neigte den Kopf zu einem kleinen Flachboot hinüber, das gerade ablegen wollte.

Einfach nach Hause treiben und sich von Mutter

etwas anderes als Kartoffeln zu essen geben lassen – schon der Gedanke genügte, ihn in die Tat umzusetzen. Sie rief die Kinder, nahm Jantje auf die Hüfte, sammelte ihre Sachen ein und sagte: »Kommt, Kinder. Wir gehen eure Großeltern besuchen.«

Sie wechselten zu dem kleinen Kahn, der von einem jungen Mann gezogen wurde, und setzten sich auf das Deck, gegen einige Lattenkisten gelehnt. Die frischen Triebe der Weidenzweige hingen über die Böschung und glitten graziös auf dem Wasser hin und her. Aus der hohen blattrigen Wiesenraute brachen schon gelbe flaumige Knospen hervor, und jedes frisch geschlüpfte Entenküken piepste sein erstes Lied. Am Ufer blühten die Apfelbäume. Eine Brise wehte und ließ elfenbeinfarbene Blütenblätter auf das Boot regnen, und die Kinder versuchten, sie zu fangen. Bald würde sie in Westerbork sein, wo alle Dinge schön und alle Menschen freundlich waren.

Hinter Beilen schlug ihr das Herz höher, als die Landschaft vertraut wurde und sich ihre sorglose Kindheit vor ihr ausbreitete. Auf den Türen der Bauernhäuser erkannte sie die ländlichen Szenen, gleich der, die sie auf ihre Tür gemalt hatte, die einzige in der Art in Oling oder Appingedam. Nootebooms Getreidemühle war jetzt grün gestrichen, mit einer schmucken roten Tür. Und dort stand die kleine Backsteinkirche, in die sie als Kind gegangen war und wo sie und Stijn geheiratet hatten. Bei ihrem Anblick verspürte sie einen Anflug schlechten Gewissens, als sei sie ihm in irgendeiner Form untreu gewesen.

Zuerst war Mutter außer sich vor Erleichterung und Freude, herzte die Kinder, Jantje genauso wie die anderen, und ließ ihn nicht aus den Augen. Saskia glaubte ihre Mutter in- und auswendig zu kennen, aber als sie ihr das Gemälde zeigte und ihr alles erzählte, erstarrte das lächelnde Gesicht und verhärtete sich.

»Saatkartoffeln! Hast du den Verstand verloren?«

»Ich weiß, ich weiß. Darf ich nur ein paar Tage bleiben, bis er darüber hinweg ist? Lange genug, bis er anfängt, mich zu vermissen? Es ist so schön hier. Die Seerosen werden bald herauskommen, und die Kinder können zur Abwechslung einmal frei herumlaufen.«

»Damit sich der Mann vor Sorgen um euch umbringt? Nein. Du fährst morgen. Nach Amsterdam. Die Kinder können bei mir bleiben. Hol sie auf dem Rückweg wieder ab. Das sind keine Ferien. Das ist eine Geschäftsreise. Und heute abend kniest du nieder und dankst dem Herrn, daß du einen Mann hast, der so hart arbeitet wie Stijn. Arbeit ist Liebe in einfacher Form, ganz gleich, ob es Männer- oder Frauenarbeit ist, und du bist töricht, wenn du das nicht erkennst. Das Kind ist der Segen, Saskia, nicht das Bild.«

Zwei Tage später lief sie allein durch Amsterdam, vorbei an den Fischweibern am Dock vom Osthafen, die ihr Beschimpfungen hinterherriefen, weil sie nichts kaufte. Sie richtete sich ein Stück auf. Ihre Hänseleien konnten sie nur belustigen. Während ihre öligen Hände drohend Kabeljaue schwenkten, hielt sie in *ihren* Händen einen Vermeer.

Gewürzhändler hatten am Kanalrand ihre Säcke aufgestellt, die mit Pulvern in allen erdenklichen Gelb-, Orange-, Rot- und Brauntönen gefüllt waren. Die Farben wehten auf ihren Rock, und sie schüttelte sie ab. Sie trug die zierlichen Lederstiefel mit Schnürsenkeln, und mit einem Gefühl von Grazie und Macht glitt sie über das Kopfsteinpflaster dahin, zum Rokin. Sie hatte einen Vermeer bei sich. Es war ein sonniger Tag. Es bestand kein Anlaß zur Eile.

Sie lief den Rokin den ganzen Weg vom Damplatz bis zum Singel entlang, ließ das Bild im Sack und schaute sich zunächst nur alle Schaufenster an, bevor sie ihren Handel eröffnete. Kunsthändler waren ein seltsames Völkchen, beschloß sie. Obwohl die Schilder über den Läden ihre Besitzer als »Reynier de Cooge, HÄNDLER IN GEMÄLDEN« oder »Gerrit Schade, ERFAHRENER CONNOISSEUR DER KUNST« ausgaben, verkauften diese Läden außer Bildern in Wirklichkeit Rahmen, Uhren, Fayence, Orgeln und sogar Tulpenzwiebeln. Sie zeigte das Gemälde zuerst Gerrit Schade, dessen Wände mit Szenerien von Schiffwracks in stürmischer See und Schankhausgelagen bedeckt waren. Sie hatte den Verdacht, daß er nicht lesen konnte. Als sie ihm das Zertifikat vorhielt, tat er es mit einer Handbewegung ab und bot ihr dreißig Gulden.

»Es ist ein Vermeer«, sagte sie.

»Es gefällt mir nicht sonderlich«, sagte er. »Keine Handlung. Kein Drama.«

Sie packte das Gemälde wieder ein und ging hinaus.

Sie würde äußerst vorsichtig sein müssen. In den nächsten drei Läden gewöhnte sie sich an, das Bild langsam aufzudecken, während sie dabei das Gesicht des Händlers genau beobachtete. Im Geschäft des Hans van Uylenburgh bemerkte sie, wie er im entscheidenden Augenblick plötzlich die Luft einzog. Er bot ihr fünfzig, und seine Frau erhöhte auf fünfundfünfzig, als Saskia den Kopf schüttelte. »MATEUS DE NEFF DER ÄLTERE, nur feine Gemälde und Zeichnungen« stand auf einem Schild. Gut. Behutsam hielt sie das Bild hoch, als sie die steilen Stufen emporstieg. Als sie das Gemälde aufdeckte, machte de Neff keine Anstalten, seine Aufregung zu verbergen. »Umwerfend. Himmlisch.«

»Es ist ein Vermeer.«

»Ja, ja so ist es. In der Tat ein seltener Fund.« Er rief seinen Kompagnon und seine Frau herbei, damit sie es auch sehen konnten.

Saskia faltete das Schriftstück auseinander und er las es auch aufmerksam durch, nahm sich aber mehr Zeit, das Gemälde zu studieren. »Seht euch das Fensterglas an. Glatt wie flüssiges Licht. Nicht ein Pinselstrich zu sehen. Und jetzt den Korb. Die Furchen der Pinselstriche, um die Konsistenz des Weidenrohrs hervorzuheben. *Das* ist Vermeer.«

Sie versuchte zu sehen, was er sah, aber ihre Augen standen voller Wasser, und in diesem letzten sehnsüchtigen Blick auf das Bild verschwamm das Mädchen in dem blauen Kittel. Sie wußte, daß sie es ihm verkaufen würde, noch bevor er einen Preis genannt hatte. Sie wollte, daß es jemand bekam, der es liebte. »Ich nenne es *Morgenglanz*«, sagte sie leise. Es war wichtig, daß ihr Name dem Bild mitgegeben wurde.

Als de Neff den Kaufvertrag aufsetzte, schaute sie sich gründlich in seinem Laden um. Stijn hatte gesagt, daß sie sich im Austausch etwas Preiswertes kaufen dürfe. Es gab Gemälde von reichen Leuten, die Laute und Virginal spielten, andere von Landschaften mit Schloßruinen, Küchenmägde, die Töpfe schrubbten, Innenräume von Kirchen, Noah, der Gottes Anweisungen entgegennahm, Gemüsestände auf Marktplätzen und Windmühlen an Flußufern. Sie konnte nichts aussuchen. Manche Bilder waren hübsch. Andere interessant. Aber keins von ihnen *bedeutete* ihr etwas.

Er zählte fünfundsiebzig Gulden in Fünfguldenmünzen aus, tat sie in einen Schnürbeutel aus Musselin und legte ihr diesen sanft in die Hand, indem er ihn mit seiner anderen Hand unter der ihren stützte. Er sah ihr zärtlich in die Augen, schloß ihre Finger über dem Beutel und tätschelte sie.

Es waren keine achtzig, aber es war immer noch ein Sieg. Sie würden überleben. Stijn würde seine Schweine bekommen. Jantje würde aufwachsen und

Stijn auf den Feldern helfen, und Stijn würde stolz auf die Arbeit sein, die Jantje leistete, aber sie beide, Saskia und Stijn, würden nie mehr so sein, wie sie einmal waren.

Sie wanderte ziellos über geschwungene Brücken, ließ ihre Finger müßig an Eisengeländern entlanggleiten, kaufte fünf Tulpenzwiebeln, eine für jedes Familienmitglied, und, solange ihr die Farbe des Kittels des Mädchens noch frisch in der Erinnerung war, ausreichend Stränge von feiner blauer Leidener Wolle, um für jedes ihrer drei Kinder ein weiches Wollwams zu stricken.

SECHSTES KAPITEL

Aus den persönlichen Aufzeichnungen des Adriaan Kuypers

An dem Tag, als Aletta Pieters gehängt wurde, verstand ich erstmals, wie zählebig und mächtig der Aberglaube ist, selbst in diesem aufgeklärten Zeitalter. Und einen Tag nachdem Aletta Pieters gehängt worden war, in der St.-Nikolaus-Flut von 1717, gab ich die einzigen Dinge her, die mir etwas bedeuteten.

Als ich sie zum ersten Mal sah, stand sie am Pranger auf dem gedrungenen Marktplatz von Delfzijl und rief den Dorfjungen, die sie hänselten und verhöhnten, unflätige Worte zu und bespuckte sie. Keine der umstehenden ehrbaren Matronen, die sie haßerfüllt anstarrten, hielt es für nötig, die Jungen für ihre Beleidigungen zur Ordnung zu rufen. Zwischen zwei elfenbeinernen Fäusten wehte wild das lange Haar des Mädchens, fein wie gesponnene Seide und so durchsichtig, hell wie der Wind, daß sie wie ein exotisch gefiedertes Wesen aussah, das sich in einer Schlinge verfangen hatte. Ihre Augen, durch keine erkennbaren Brauen geschützt, blickten verwegen drein. Ein Funken von List und Überheblichkeit schlug mir aus ihnen entgegen, einem Fremden, der einen Rucksack und einen Gurt voller Bücher geschultert hatte. Ihre Hände entspannten sich, und sie neckte mich mit einem wollüstigen Lächeln, das bewirkte, daß sich eine kleine X-förmige Narbe auf ihrer Wange kräuselte und ihre Lippen sich in meine Richtung stülpten. Ich nehme an, daß ich errötete, denn das Mal war ihr präzise mitten auf die reine Schönheit ihrer Wange gesetzt worden. Den Rest, den die Bretter des Prangers verbargen, konnte ich nur ahnen.

»Was hast du gegen die guten Menschen von Delfzijl verbrochen, daß du den Schandpfahl verdienst?« fragte ich.

»Das würdest du gern wissen, nicht wahr?«

Die Jungen johlten herausfordernd.

»Leben ist mehr, als in deinen Büchern steht, Student«, rief sie. »Komm ein bißchen näher, und ich erzähl's dir.«

Das Haar noch kurz geschoren nach Scholaren-Art, hatte ich gerade ernüchtert vor der Universität von Groningen die Flucht ergriffen.

»Am besten guckst du die nicht an, Bursche, wenn's dir an diesem Orte gut ergehen soll«, wies mich eine füllige Matrone zurecht. »Ein ganz verkommenes Luder ist das.«

Derlei Feindseligkeit stand dem friedlichen, an der Mündung des Eemskanals gelegenen Städtchen im Norden nicht gut an, wohin ich an jenem Tag gekommen war, um bei meiner Tante zu wohnen, aber die eigentümliche Narbe des Mädchens und ihr farbloses Haar, das in wilder Unordnung leuchtete, waren allzu verführerisch. Ich trat auf sie zu. »Nicht spucken«, mahnte ich.

»Komm näher, hab keine Angst. Ich flüstere es dir zu.«

Als ich mich zu ihr neigte und mein Ohr an ihr Gesicht legte, wehte ihr Haar an meine Wange und kitzelte wie ein feiner, hauchzarter Dunst. Sie reckte sich mir aus dem Loch des Prangers entgegen und leckte mich am Ohr. »Laß dir das ein Omen sein!« rief sie.

Die Jungen johlten wieder, und obwohl ich »schamlose Dirne!« brummte, mußte ich mir eingestehen, daß ich es in meiner Einfalt nicht anders verdient hatte.

Am nächsten Tag fand ich sie im Landhaus meiner Tante weinend auf dem Fußboden vor, in einem Wust grauer Rockschichten; und der verächtliche Trotz des Vortags war gänzlich von ihr gewichen. Sie schaute zu einem kleinen Gemälde auf, das ein junges, vor einem Fenster sitzendes Mädchen etwa ihres Alters darstellte. Das zarte Fleisch an Aletta Pieters' Hals war wundgescheuert. Ich kauerte mich neben sie. »Ist das dieselbe feurige Magd, die gestern noch am Pranger stand?« fragte ich.

Schluchzend lief sie aus dem Zimmer.

»Was macht sie hier?« fragte ich meine Tante.

»Vor einem Jahr entdeckte sie unser Pfarrer auf der Deichstraße, wie sie laut die Welt verfluchte, und hat sie zu uns gebracht, verdreckt und tollwütig, wie sie war. Er sagte: ›Der Herr bringt die Einsamen nach Hause.‹ Es war eine Zumutung, aber er hat sie uns aufgeschwatzt. ›Tut zur Abwechslung einmal etwas für Gottes arme Kreaturen, um des Friedens eurer Seelen willen‹, sagte er. Also müssen wir sie als Waschmädchen bei uns behalten, bis sie achtzehn ist.«

Ich liebte Tante Rika nicht – sie hatte ein anmaßendes Wesen –, aber ich verstand ihre heikle Lage, da sie nun einmal, aus Liebe, wie ich leider sagen muß, mit einem Sklavenhändler verheiratet war. Genauer gesagt mit einem Kaufmann, der sein Geld in Schiffe investierte, die mit Westindien Handel trieben, und zwar auf jener Passage, von der jeder wußte, auch wenn es niemand offen zugab, daß die Ware aus Leibern und Seelen bestand. Aber Leidenschaft und Weisheit sind nun einmal seltsame Bettgesellen. Dennoch legte Rika größten Wert auf Ehrbarkeit. Fand sie die im Angesichte Gottes nicht, mußte sie sich eben im Angesicht ihrer Mitmenschen mit einem trügerischen Ersatz begnügen. Also gab Rika reichlich Geld aus, wenn Onkel Hubert seine Kapitalanlegerversammlungen in Amsterdam besuchte, und ließ der Orgelgesellschaft und dem Waisenhaus in Groningen große Beträge zukommen. Ihr Stadthaus in Groningen hatte sie mit geschnitzten Mö-

beln, orientalischen Urnen und Gemälden vollge-
propft, und nun schickte sie sich an, ihr Landhaus
ähnlich einzurichten. Sie fuhr zu Auktionen nach
Amsterdam und heuerte einen Amsterdamer Künstler an, ein Porträt von ihr und Onkel Hubert zu malen.

Als Aletta einmal bemerkte, Rikas Gesicht auf dem
Gemälde ähnele immer mehr dem Geist der Hexe
von Ameland, fühlte sich Rika beleidigt und ließ
Aletta in der Küche schlafen und so lange die Böden
aller Kochtöpfe scheuern, bis sie darauf das X in
ihrem Gesicht erkennen konnte. Aletta zahlte es ihnen heim, indem sie die beiden durch nächtliches
Rütteln an den ehelichen Bettvorhängen überzeugte,
daß im Haus die Seelen toter Afrikaner spukten. In
der Nacht vor meiner Ankunft war sie mit einem Laken über dem Kopf im Nebel vor ihrem Fenster auf
und ab gegangen, fremdartige Worte wimmernd
und mit Töpfen klappernd, so daß es sich anhörte
wie ein Gespenst, das seine Ketten hinter sich her-
schleifte. Onkel Hubert war vor Entsetzen aus dem
Bett gefallen und hatte sich den Schädel an den Bett-
stufen aufgeschlagen.

Aber nicht das brachte sie an den Galgen. Die Sache mit Onkel Hubert kostete sie lediglich drei Tage
im Gefängnis und jenen einen Nachmittag am Pranger. Zuvor war sie schon einmal mit Prügel, zwei
Wochen Gefängnis und der aufgeschlitzten Wange
bestraft worden, nachdem bei einem Bauern die
Schleuse gebrochen und sein Feld überschwemmt

worden war – Folge einer Begegnung auf dem Marktplatz, wo der Mann im Vorbeigehen gehört hatte, wie sie einige unverständliche Worte murmelte. »Ich habe nur Hexe gespielt«, gestand sie später Rika. Weil sie noch so jung war, damals gerade erst fünfzehn, hatte man Gnade walten lassen, obwohl es einigen Frauen der Gemeinde, so Tanta Rika, im Interesse ihrer Söhne lieber gewesen wäre, man hätte sie gleich an Ort und Stelle die volle Wucht des Gesetzes spüren lassen.

Gehängt wurde sie, weil sie unser kleines Mädchen erstickt hatte.

Ich war nach Delfzijl gekommen, um beim Meistermühlenbauer des Nordens die Konstruktion von Windmühlen zu studieren. Ich war es leid, den Schriften von Descartes, Spinoza und Erasmus einen für mich relevanten Sinn abzuringen und wollte statt dessen die Umsetzung der Descartesschen These in der Praxis erleben, nach der die Wissenschaft, zum Wohle der Menschheit, die Natur beherrschen könne. Es drängte mich, praktische Dinge zu schaffen – Apparaturen, die die Zeit messen, schneller pumpen und weiter schauen sollten, anstatt Argumente und Abhandlungen zu fabrizieren. Und ich wollte Umgang haben mit Wesen aus Fleisch und Blut, und nicht nur mit Tinte und Worten.

Als ich daher das nächste Mal Aletta vor dem Gemälde sitzen und weinen sah, setzte ich mich zu ihr und betrachtete es eingehend, um zu verstehen, wie etwas so Schönes sie derart betrüben konnte. Die Sanftheit im Gesichtsausdruck des Mädchens zeigte, daß es mit einer Vertrautheit und Liebe gemalt worden war – die beide, wie ich vermutete, in Aletta Pieters' Leben fehlten. Der Mund des Mädchens auf dem Bild war leicht geöffnet und ein Mundwinkel glitzerte, als würde sie gerade an ein süßes Geheimnis denken. Ein Eindruck, der sie erstaunlich lebendig wirken ließ. Für mich war sie die Verkörperung des Descartesschen Prinzips »Ich denke, also bin ich«. Sie war alles, was Aletta nicht war – kultiviert und kontemplativ.

Als Aletta sich schließlich beruhigte, fragte ich sie, warum sie geweint hätte.

»Papa hat gesagt, daß sie genau solche Augen hatte, wie blasse blaue Monde, und auch solches Haar, genau dieses Goldbraun, nur daß sie Zöpfe hatte. Sie starb bei meiner Geburt.«

»Warum trägst du nicht auch Zöpfe? Dann fühlst du dich vielleicht wie sie.«

»Ich habe es ja schon hundertmal versucht. Mein Haar rutscht immer wieder heraus. Nichts hält. Es liegt ein Fluch darauf, glaube ich.« Beim Gedanken an ihre Unzulänglichkeit traten ihr wieder Tränen in die Augen.

»Dein Haar ist doch wunderschön«, sagte ich. »So, wie es ist.«

»Die Leute glauben aber, daß es unecht ist. Und unechtes Haar bedeutet, daß uns bald Räuber überfallen, darum hassen mich die Leute.«

Ich wandte mich ab, damit sie mein Schmunzeln nicht sah. »Das kannst du doch nicht für bare Münze nehmen.«

Sie zuckte die Schultern. Die wundgescheuerte Stelle an ihrem Hals war noch nicht verheilt. Es wäre ein Jammer, wenn eine Narbe zurückbliebe, aber wenige gehen ungezeichnet durchs Leben.

»Wo ist dein Vater?«

»Er ist auf einem Sklavenschiff zur See gefahren und nie wieder heimgekehrt.«

»Wer hat dich großgezogen?«

»Großvater. Meine Großmutter ist jung gestorben. Genau wie alle Mütter vor ihr. Eine böse Nachbarin hat meine Ur-Urgroßmutter Elsa mit einem Fluch belegt, daß kein Mädchen in unserer Familie je alt werden würde. Sie hat behauptet, daß Elsa ihr Butterfaß verwunschen hat, darum haben sie ihr dann Daumen und Zehen zusammengebunden und sie durch den Kanal geschleift, und da ist sie ertrunken, also war sie unschuldig. Zum Beweis ist sogar ein Storch über den Kanal geflogen.«

»Es gibt keine Hexen und Bannsprüche, Aletta. Du kannst das nicht beweisen.«

»Aber natürlich gibt es Hexen. Großvater hat gehört, wie sie in der Nacht, bevor ich geboren wurde, über meine Mutter geflüstert haben.«

Sie schaute sehnsüchtig zu dem Bild auf. »Glaubst du, daß es irgendwo Mädchen gibt, die wirklich so leben – die einfach so friedlich dasitzen?«

Ob ich nun mit Ja oder Nein antwortete, es würde

nichts an ihrer Verzweiflung ändern. Mir standen keine Worte zur Verfügung, mit denen sich der Abstand zwischen ihr und der jungen Frau auf dem Gemälde verringern ließe.

Sonntagnachmittags, wenn mich mein Mühlenbauer nicht unterrichtete, machte ich Spaziergänge. Ich liebte die endlose Weite des flachen, domestizierten Nordlandes, die dem Wind nur wenige Hindernisse bot. Meist half er hier dem Menschen, sein Land auf wissenschaftlicher Grundlage zu bewirtschaften – hier wirkten Descartes' angewandte Prinzipien. Nur beunruhigte mich stets, daß meine Landsleute so vollkommen auf die Beständigkeit des Windes angewiesen waren. Was geschah, wenn sie an windlosen Tagen entwässern mußten? Es gab immer noch unglaublich viele Dinge zu lernen auf dieser Welt.

An einem dieser Sonntage lief ich über das Torfmoor zwischen dem Ort und der Küste nahe der Stelle, wo die Torfgräber in kleinen Reihen schäbiger, mit Stroh gedeckten und aus Torfsoden gebauten Häusern lebten. Jahr für Jahr stachen sie hier Brennstoff aus dem schwarzen Torfmoor und verkauften so, Quader für Quader, sich selbst den Boden unter den Füßen weg. Manche Torfgräber entfernten den freigelegten Lehm und vermischten die Erde mit Sand, den sie vom Strand herbeischleppten, und mit den Straßenabfällen aus der großen Stadt, um so einen Boden zu gewinnen, auf dem man Buchweizen anbauen konnte. Aber das war harte Arbeit und kostete viel Zeit, so daß andere es einfach zuließen, daß sich die Gruben, die sie gegraben hatten, mit Wasser füllten und zwischen ihnen gerade, erhöhte Pfade zurückblieben. Mir schien, daß sie das Land eher für Frösche als für Menschen bewohnbarer machten. Überall sickerte und gluckerte Wasser. Bald würde sich die Torfkolonie vom Tidegebiet entlang der großen Flußmündung nicht mehr unterscheiden.

Ich blieb stehen, um ein paar Bläßhühnern zuzusehen, die im Schlamm pickten, einer Krickente, die sich das Gefieder putzte, und den Rallen, die Nester im Strandhafer bauten, als mir ein Vogelruf ins Bewußtsein drang, der anders klang als die kehligen Laute der Bläßhühner. Eher wie der Schrei einer Wildgans. Auf der gegenüberliegenden Seite eines großen Tümpels saß Aletta geduckt hinter ein paar Weiden. Sie hatte die Röcke gerafft, um sie vor dem Schlick zu schützen, und dadurch ihre Beine bis zu den Schenkeln entblößt. Sie trug nicht wie andere Frauen die üblichen schwarzen Strickstrümpfe, so daß mir der Anblick ihrer Haut, die zum dunklen Schlamm einen milchig weißen Kontrast bildete, einen angenehmen Schock versetzte. Der Himmel war zu grau, um das Kehrbild ihrer Gestalt im Wasser des Tümpels zu reflektieren, was ich bedauerlich fand. Mit den Händen formte sie einen Trichter vor ihrem Mund und wiederholte ihren Vogelschrei, eindringlich und wild und begehrlich. Und wie der Wind ihr Haar aufwühlte, so wühlte dieser Anblick meine Seele auf. Ich hatte weitergehen und meine

Einsamkeit genießen wollen, aber eine innere Unruhe ergriff mich, und ich lief um den Tümpel, bis ich hinter ihr stand.

»Was machst du da?« fragte ich.

»Duck dich«, flüsterte sie und zog mich mit einem Ruck am Arm nach unten. »Ich habe hier neulich einen Storch gesehen, und ich möchte wissen, ob er wiederkommt. Du weißt ja, Störche bringen Glück. Wenn man es schafft, daß einem einer aus der Hand frißt, braucht man nie wieder Hunger zu leiden.«

Ich lachte amüsiert.

»Lach nicht über Dinge, von denen du nichts verstehst, Student. Wenn einer auf deinem Dach nistet, wirst du reich. Ich weiß das. Ich bin auf Ameland aufgewachsen.«

Meine Belustigung über die einfachen Gewißheiten ihres Universums brachten das X auf ihrer Wange zum Glühen. Sie ließ ihre Röcke herab und hüllte sich fest in ihren meeresfarbenen Schal, während ihre stolze Brust vor Entrüstung bebte. Sie entfernte sich ein Stück von mir und meinte, die Lippen in einem hübschen Schmollen hervorgestülpt: »Jetzt hast du alles verdorben, du lauter Bursche.«

»Dann begleite mich auf meinem Spaziergang.«

Sie rührte sich nicht von der Stelle, und so ging ich enttäuscht allein los. Kurz darauf entdeckte ich einen weißen Vogel, der auf langen schwarzen Beinen einherstelzte. »Aletta«, rief ich. »Hier ist ein Storch.«

Sie kam durch das Spartgras angerannt und spritzte uns beide mit Schlammwasser naß. »Och, das ist nur ein alter Löffelreiher. Sieh nur: keine schwarzen Schwungfedern. Keine roten Beine.« Jetzt folgte sie mir auf dem Pfad, der sich wie ein Faden unweit der Torfkolonie dahinzog.

Die Aufbauten eines Lastenseglers, der mit Torf beladen nach Groningen unterwegs war, ragten über dem Deich des Damsterdiep hervor. »Was passiert, wenn sie so viel Torf gestochen haben, daß ihre eigenen Häuser im Morast versinken?« fragte ich.

»Dann ziehen sie woanders hin.«

»Du verstehst nicht, was ich meine. Es muß doch eine bessere Lösung geben.«

»Bis die gefunden ist, müssen sie leben.« Vor einer Hütte rupfte sie ein paar Weidenzweige ab und verscheuchte damit die Insekten, während wir unseren Weg fortsetzten. So nah war sie mir jetzt, daß ich ihr verwehtes, vom Seetang salziges Haar riechen konnte.

Unter den Ulmen folgten wir dem Damsterdiep. Sie faszinierte mich mit düsteren Geschichten, die ihr ihr Großvater erzählt hatte, von Schiffbrüchen und Matrosen und Frauen, die dazu verdammt waren, ewig mit ihnen zur See zu fahren und nie den Fuß an Land zu setzen, sondern immer am Bugspriet festgebunden wurden, wenn die Schiffe in den Hafen liefen. Ihr Ur-Urgroßvater Varick, behauptete sie, sei auf der Insel Ameland, dort über dem Wattenmeer, Leuchtturmwärter gewesen. Er sei ein reicher Mann geworden, sagte sie, weil er den Handelsschiffen falsche Leuchtsignale sandte, so daß sie im Seichtwasser auf Grund liefen und er ihre Waren mit einem Ruderboot oder bei Ebbe zu Fuß einsammeln konnte. Sie erzählte das ohne Scham und mit einem Unterton, aus dem ich Bewunderung für seine Ausgekochtheit heraushörte. Sie erzählte, wie die Frauen der Matrosen einen heilenden Schaum zubereiteten, indem sie den Schädel einer Person einseiften, die eines gewaltsamen Todes gestorben war, den Schaum dann mit zwei Löffeln Menschenblut mischten sowie mit etwas Schweinefett, Leinsamenöl und javanischem Zimt. Sie zeigte mir eine Nußschale, die sie an einer Schnur trug und zum Schutz gegen Fieber mit Spinnenköpfen gefüllt hatte. Ich sah nur die glatte Haut, auf der die Nußschale ruhte. Als sie mir dringend riet, es ihr gleichzutun und des Nachts meine Schuhe mit der Sohle nach oben hinzulegen, um so die Hexen abzuwehren, mußte ich lachen, woraufhin sich ihre Augen verengten und von einem Gemüt kündeten, das düsterer war, als ich ahnte. Obwohl mir das Ganze drollig und unterhaltsam vorkam, konnte ich doch sehen, daß das arme Mädchen von hundert Dämonen gejagt wurde.

Auf der Zugbrücke über den Damsterdiep blieb ich stehen, um mir den Mechanismus näher anzusehen. Brücken, Windmühlen, Schleusen und Deiche hatten mich von klein auf fasziniert, und ich gab laut meinem Erstaunen darüber Ausdruck, wie alles in einem System integrierter Teile funktionierte.

»Es spielt keine Rolle, wie es funktioniert«, sagte sie. »Wenn der Wasserwolf über diese Deiche klettern will, dann tut er es auch, und kein Schlamm oder Seetang kann ihn daran hindern.«

Ich ließ mich nicht von ihr beirren. Wir überquerten das Damsterdiep, und bei der Mühle von Farmsum schilderte ich ihr, mit Erlaubnis des Müllers, wie eine Entwässerungsmühle funktioniert. In der Provinz Groningen gab es hauptsächlich Spindelmühlen, die unter dem Wasserspiegel, über eine riesige, in einem tiefen Graben schräg angebrachte geschlossene archimedische Schraube Wasser förderten. Aletta war noch nie im Inneren einer Windmühle gewesen und stand mit verschränkten Armen staunend da, ängstlich darauf bedacht, nichts zu berühren. Als sie begriff, wie die Flügel jedes einzelne Verbindungsstück des Mechanismus bewegten, verspürte ich eine überraschende, unbeschreibliche Freude.

Beim Erklären fiel mir auf, daß das Kammrad der Flügelwelle achtundsechzig Zähne hatte, das damit verbundene Anschlußgetriebe vierunddreißig Zähne auf dem oberen Rad wie auch auf dem unteren Spindelrad, und der Wellenkopf der archimedischen Schraube auch über vierunddreißig Zähne verfügte. Das bedeutete, daß sich bei jeder Umdrehung der Flügelwelle die Schraube zweimal drehte. Wenn man nun das Getriebe so konstruieren könnte, daß es nur siebzehn Zähne hätte, überlegte ich, hieße das nicht, daß die Übersetzung eins zu vier betragen würde und man den Boden doppelt so schnell entwässern könnte? Oder mit der halben Windkraft? Und wenn das Spiralblatt der Pumpe breiter wäre, würde das doch die geförderte Wassermenge bei jeder Umdrehung vergrößern.

»Nicht so hastig«, sagte der Müller. »Du mußt auch berücksichtigen, wieviel Windkraft man braucht, wenn man mehr Wasser fördern will.«

Wir erörterten das Problem ausführlich, während Aletta einer Ente und ihren Küken zum Entwässerungsgraben hinaus folgte. Dafür wurden wir dann auf dem Heimweg vom Regen überrascht. Auf dem Kopfsteinpflaster des Marktplatzes hatten sich Pfützen mit Luftblasen gebildet, und obwohl Aletta *Klompen* trug, scheute sie sich, dort über die Pfützen zu steigen, wo diese Blasen platzen. Sie könne doch den Atem Gottes nicht entweihen, indem sie ihn an ihren Röcken aufsteigen ließ, sagte sie, und ihre Augen weiteten sich mit einer Ernsthaftigkeit, die ich entzückend fand.

Als wir zusammen zu Hause eintrafen, durchnäßt bis auf die Knochen, nahm Rika mich zur Seite. »Nimm dich mit diesem Mädchen in acht, Adriaan. Sie besitzt nicht das kleinste Fünkchen Verstand. Eine Frostnacht, und schon traut sie sich aus reiner Tollkühnheit aufs Eis. Wenn du dich mit ihr einläßt, dann sieh zu, daß du bei einer anderen Tante unterkommst. Wäre Hubert hier, würde er das auch sagen.«

Kirchtürme, Windmühlenkappen, Deichstraßen – sie alle boten einen Blick über die flache weite Ebene, die Delfzijl umgab. Nichts lag im verborgenen, und die Angelegenheiten eines jeden beschäftigten angelegentlich jeden anderen, und genauso wollten es die Leute auch halten, wie ich merkte. Um ihre Tugend nur recht zur Geltung zu bringen, ließ Rika sogar ihre Vorhänge zurückgezogen. Allein unter den Dachsparren des Kirchturms waren Aletta und ich unbeobachtet, ein Umstand, der uns rascher miteinander vertraut werden ließ, als es geschehen wäre, wenn man uns erlaubt hätte, Sonntag nachmittags unter dem weiten Himmel spazierenzugehen. Es war ihre Idee, die Kirche als Zufluchtsort zu benutzen. Da die Glocke von unten geschlagen wurde, würde man uns nicht entdecken, sagte sie, und die Kirche sei nie abgesperrt. Mir gefiel ihre Verachtung konventioneller Frömmigkeit, doch hatte sie ihren eigenen Ehrenkodex, der es in seiner Strenge mit jedem Calvinisten aufnehmen konnte.

Eine Erhebung in einem so flachen Land wie diesem verlieh einem ein berauschendes Gefühl, das einen dazu verführte, Vorsicht und Ernsthaftigkeit und Gottesfurcht außer acht zu lassen. Über der kleinen Reihe schmaler Dorfhäuser fühlten wir uns wie blinde Passagiere auf einem Schiff, das zu einem paradiesischen Eiland unterwegs war, von dem die braven Leute von Delfzijl nicht einmal zu träumen wagten. Der bloße Gedanke hätte sie ja geradewegs in die Hölle befördert. Ich war mit ihr in einer anderen Welt und ließ mich vollkommen von ihrem Wesen gefangennehmen. Es wurde mir unmöglich, abends zu lesen. Der Klang ihrer mädchenhaften Stimme berührte mich jetzt so unfehlbar, wie es die stummen Stimmen der Gelehrten Monate zuvor getan hatten, und ihr Geruch nach Transeife und Schweiß versetzte mich in einen Zustand bebender Erregung.

Unter den heiligen Dachbalken erwiderte sie mit dankbaren, drängenden Lauten nach und nach meine schüchternen, förmlichen Avancen, bis an einem Frühlingsnachmittag in dieser dunklen Kirche eine wahre Flut über mich hereinzubrechen drohte. Als ich zurückwich, lachte sie auf eine Weise, daß ich mir wie ein Kind vorkam. Ich zupfte am Zugband vom Einsatz ihres Kleides und entdeckte, per Zufall, daß sie eine Glücksbohne zwischen ihren Brüsten trug. Ich lehnte sie nach hinten und küßte die beiden rosa Ovale aus warmem Fleisch an der Stelle, wo die Bohne sich eingedrückt hatte. Unter den Schichten grauer Röcke, die sie trug, bog sie sich mir entgegen, drängend, fordernd, unerträglich. Ihre Schenkel öffneten sich, und ich war für jeden Himmel außer Aletta verloren. Aletta. *Aletta.*

Danach erwartete ich in ihren Augen eine Art verschwommener Distanz zu sehen, und ich schaute sie prüfend an, ob sie meinte, sich schämen zu müssen. Statt dessen strich sie ihre Kleidung glatt und sagte: »So, nun ist es denn beschlossene Sache.«

»Was ist beschlossene Sache?«

»Daß du mich heiraten wirst.«

Ihr schlichtes Gemüt verschlug mir die Sprache. Ich sagte nichts, weder ja noch nein. Es war nicht nötig. Ihr Vertrauen in die Bohne gab ihr Zuversicht in allem, was sie glauben wollte. An dem Morgen, als ich dem Mühlenbauer meine Zeichnungen einer verbesserten Mühlenkonstruktion zeigen wollte, fand ich sie in der Tasche meiner Kniehose. Es war zweifellos dieselbe gesprenkelte Bohne. Was für ein ungeheures Opfer sie mir da brachte. Ich war drauf und dran, sie wegzuwerfen, als ein Gefühl von Zärtlichkeit mich dazu brachte, sie wieder einzustecken. Es schien mir als eine Art Unterpfand unserer Zusammengehörigkeit gedacht zu sein.

Wenig später hörte Aletta eines Nachts in Rikas Haus ein lautes scharrendes Geräusch und dann ein Krachen. Auf der Suche nach dem Auslöser des Lärms stürmte sie durch alle Räume, und als sie sah, daß das Bild mit dem Mädchen von der Wand gefallen war, fing sie an zu schreien und wich angsterfüllt mit wogender Brust und sich die Haare raufend zurück. Tante Rika, der Onkel, das ganze Haus erwachte, und Rika gab ihr zur Beruhigung heiße Milch. Ich zeigte ihr, daß sich die mürbe Schnur auf der Rückseite des Bildes aufgeribbelt hatte, aber sie ließ sich nicht besänftigen. »Paß nur auf. Etwas Schreckliches wird passieren.« Nichts konnte sie trösten, bis ich sie in den Arm nahm, wodurch Rika mehr erfuhr, als mir lieb war.

Als ich mich am nächsten Morgen auf den Weg zum Mühlenbauer machte, folgte mir Rika vor die Tür. »Es steckt nichts vom Heiligen Geist in ihr, Adriaan.«

»Du irrst dich, Rika. Nichts als Geist steckt in ihr.

Bei all den Dämonen, von denen sie gejagt wird, ist es allein Gottes Gnade zu verdanken, daß sie sich auch nur zu atmen traut.« Ich drehte mich um und ging, beseelt von eben jenem Geist, der sich wie eine Naturgewalt meiner bemächtigt hatte.

Ursprünglich hatten wir geplant, vor ihrer Niederkunft bei Ebbe über das Wattenmeer zur Insel Ameland zu waten, wo sie über ein gewisses Erbrecht verfügte. In dem großen Haus wohnte niemand außer ihrem tauben alten Großvater mit seiner Haushälterin. Wir hätten dort wohnen können, bis wir entschieden hätten, was zu tun sei, aber es war Ende November, und ein Sturm mit starken Regenfällen vereitelte unser Vorhaben. Wir konnten nicht einmal einen Heringsfischer überreden, uns mit dem Boot überzusetzen, daher tat sie so, als sei sie weggelaufen, aber ich wußte, wo sie war.

Nach und nach hatte sie heimlich, und immer nur in kleinen Mengen, trockenes Stroh, eine Decke, Wasser, Brot, Kerzen und einen alten Korb voller sauberer Lumpen in den Kirchturm geschafft. An all diesen Tagen, als wir darauf warteten, daß ihre Zeit kommen würde, brachte ich ihr einen Krug Bier aus der Schenke und Essen, das ich aus Tante Rikas Küche stahl. Sie bat mich um Butterbrote und Schafskäse, die sie unmittelbar nach der Geburt verzehren wollte, und um ein Kohlblatt, das sie dem Kind mit in die Windel wickeln wollte, wenn es ein Junge wäre, sowie ein Büschel Rosmarin, wenn es ein Mädchen würde. Aus Furcht, sie würde einen Tobsuchts-anfall bekommen, besorgte ich alles. Damals hätte ich ihr jeden Wunsch erfüllt.

Ich sah ihr sogar zu, wie sie geschmolzenes Wachs in eine Schüssel Wasser goß. Anschließend reihte sie die erstarrten Tropfen vor sich auf und studierte eingehend deren Form. Ihr Gesicht verzog sich zu einer schmerzverzerrten Grimasse, und sie ließ sie flink wieder in ihrer Faust verschwinden.

»Nun? Was sagt es uns?« fragte ich und schämte mich meiner Neugierde, da es doch nichts als ein Volksglaube war.

»Das darf ich dir nicht sagen. Wenn ich es sage, wird es wahr.«

Es machte mich rasend, daß sie es mir nicht verraten wollte. Ich ließ mich nicht länger von der Vernunft und all dem leiten, woran ich einmal geglaubt hatte.

Sie weigerte sich, eine Hebamme kommen zu lassen, obwohl ich sie inständig darum bat. Sie sagte, die Hebammen von Delfzijl stünden alle unter Eid, jede uneheliche Geburt dem Gemeinderat zu melden, der uns das Kind dann wegnehmen könnte, darum müßte ich diese Aufgabe übernehmen. Als es soweit war, gab sie mir das vereinbarte Zeichen, indem sie ihren Schal von dem steinernen Gitterwerk oben unter der Traufe herabhängen ließ, und unter einem Vorwand verließ ich den Mühlenbauer und überquerte im Regen den Marktplatz. Als erstes sah ich, wie sie sich an dem Balken über ihrem Kopf festklammerte. »Sieh zu, daß du mir nicht umkippst, bei dem, was kommt«, sagte sie. Sie wies mich an, was ich zu tun hätte, und ich tat es. Einmal hatte sie mir erzählt, daß vor mir noch nie ein Mann mit ihr geschlafen habe, dennoch wußte sie über alle Einzelheiten des Geburtsvorgangs genau Bescheid und zeigte nicht die geringste Angst, so daß ich mich, kurz bevor das Kindchen kam, fragte, ob es wirklich ihr erstes sei.

Mir wurde flau von dem gewaltigen Vorgang, dem ich beiwohnte – das Blut, der Geruch –, und von dem, was ich in der Hand hielt – zappelndes Leben. »Ein hübscher, gesunder Knabe«, gelang es mir zu sagen. Aletta stöhnte nur. Ich machte ihn sauber, legte ihn in den Korb und streckte erwartungsvoll meine Hände nach dem aus, was, wie sie gesagt hatte, nun gleich herausgleiten würde, aber da schrie sie wieder, und der aufs Kirchendach trommelnde Regen dämpfte den Lärm. Sie bäumte sich einmal mächtig auf und ein weiterer Kopf kam zum Vorschein. Zitternd stützte ich ihn mit meiner Handfläche.

Zwillinge bedeuteten das schlimmste aller Omen, sagte Aletta hinterher, und bei diesem Mädchen sei auch die Lippe gespalten wie bei einer Katze oder einem Hasen. »Des Teufels Klaue hat sie gezeichnet.«

»Das hat nichts damit zu tun«, sagte ich und klang weniger überzeugt, als ich gewollt hätte.

Mir blieb nichts anderes übrig, als es ihr so bequem wie möglich zu machen und wieder zu Rikas Haus zurückzugehen.

Als ich ihr am nächsten Tag ihr Mittagsmahl brachte, sagte Aletta, das Mädchen könne nicht saugen, ohne daß ihm die Milch wieder aus der Nase liefe. »Sie wird ein kurzes Leben haben, gehänselt und gedemütigt, später wird sie dann böse und wild werden, und dann vor Einsamkeit zugrunde gehen. Besser für sie, sie wäre gleich tot. Besser, das arme Ding seinem Schöpfer zurückzuschicken, bevor es sich ans Leben gewöhnt.«

»Aletta, so etwas darfst du nicht einmal denken.«

Ich hatte Angst, sie zu verlassen, aber ich mußte nach Hause, um nicht Verdacht zu erregen. »Wenn du es wagst, Hand an dieses Kind zu legen, gefährdest du deine eigene unsterbliche Seele.« Ich sah sie streng an und befahl ihr, sich nicht von der Stelle zu rühren, bis ich morgen wiederkäme. Die ganze Nacht lag ich wach und lauschte, wie Donner über die Welt hereinbrach.

Heftiger Regen prasselte auf das Dach des Mühlhauses, wo ich am nächsten Morgen an einem Windmühlen-Modell arbeitete, für das ich gerade eine Entwässerungspumpe mit einem kleinen Getriebe und breiteren Spiralblättern schnitzte. Ich betete, der Regen möge anhalten und das Geschrei der Kindchen übertönen, so daß die Dorfbewohner es nicht hörten. Mit neuen Lebensmitteln für Aletta und etwas Milch schlüpfte ich durch die Seitentür der Kirche, roch den ranzigen Gestank von Moder und stieg voller verzweifelter Vorahnungen die Holztreppe hinauf.

Der Junge lag an ihrer Brust, ihre Hand stützte den kleinen Kopf. Der Korb war leer.

»Wo ist das Mädchen?«

Alettas Lippe war zerbissen und geschwollen. Sie starrte mich wütend an. »Wenn du auch nur ein Sterbenswörtchen davon sagst, Adriaan, dann legen sie mir die Schlinge um den Hals, worauf du dich verlassen kannst.«

»Um Gottes willen, Aletta.«

»Was weißt denn du, Student, von den Rechten einer Mutter?«

»Und was ist mit denen eines Vaters?«

»Du hast ja nicht in den Wachstropfen gelesen, Adriaan. Ich hatte keine Wahl.«

»Sag mir, wo sie ist, Aletta.«

Sie wandte ihr Gesicht ab. Ich schaute auf ihre Hände und sah, daß sie Dreck unter den Fingernägeln hatte. Ihr Rock, ihr Ellenbogen und ihre Wange waren schlammverschmiert.

»Sag mir, wo.«

Noch mehr als der Dreck überzeugte mich ihre versteinerte, abweisende Miene, daß sie die ungeheuerliche Tat begangen hatte. Ein Streit war jetzt so überflüssig wie Schuldzuweisungen im Paradies. Ich konnte es nicht ertragen, sie anzusehen. Sie hatte ihre Seele weggeworfen.

Aber selbst hier intrigierte die Natur gegen sie: Sie hatte nicht tief genug gegraben, und der Regen spülte die lose Erde fort. Am nächsten Tag entdeckten Frauen aus dem Ort den armen durchweichten Säugling im Schlamm. Daraufhin begaben sich die Aldermen unverzüglich zu Rika, und meine ehrliche Tante erzählte ihnen, daß Aletta davongelaufen war. Lange konnte es nicht dauern, bis man sie finden würde, das wußte ich. In der selbstgerechten Stadt Delfzijl konnte sich die Sünde genausowenig verstecken wie eine Windmühle im Niedermoor. »Sucht in den Mühlen. Sucht in den Scheunen. In der Kirche. Irgendwo muß sie ja sein«, sagte Tante Rika zum Alderman Coornhert, und dann bedachte sie mich mit einem selbstgerechten, herausfordernden Blick.

Wenige Stunden später stürzte Aletta durch den Torweg und schrie: »Adriaan! Meisterin! Ihr dürft nicht zulassen, daß sie mich mitnehmen.« Sie wehrte sich heftig gegen die Aldermen, die sie packten, und rief mir zu: »Laß nicht zu, daß sie mir den Schädel einschäumen. Du darfst es nicht zulassen, Adriaan. Ich warne dich.« Sie richtete einen Blick auf mich, der mich lähmte, aber niemand schien mich zu beachten, und alles, was ich auch sagte, ging in den wüsten Bewegungen ihrer Arme unter, als sie die Brustkörbe der Männer wie mit Dreschflegeln bearbeitete und mit ihrem Haar deren Gesichter peitschte. Sie hatten, wen sie wollten.

Noch lange, nachdem sie gegangen waren, stand ich benommen und hilflos vor der Tür.

»Du bildest dir jetzt nur ein, daß du sie liebst, Adriaan«, sagte Rika leise. »Eines Tages wirst du dich nicht einmal mehr an ihr Gesicht erinnern können, auch wenn du es dir jetzt nicht vorstellen kannst.«

Ich sah Rika an, diese Frau mit ihrem selbstgefällig auf dem Kopf zusammengebundenen Dutt, an dem kein Härchen in Unordnung geraten war. »Du weißt nicht, wovon du sprichst.«

Ich verbrachte zwei wunderbare Tage mit dem Säugling im Glockenturm. Mehrmals am Tag und während der gesamten Regennacht tränkte ich einen Zipfel von Alettas Schal mit Schafsmilch, die ich mir vom Jungen des Mühlenbauern besorgt hatte, und ließ das Kind daran saugen, genauso, wie ich es bei einem Bauern mit einem verwaisten Lamm beobachtet hatte, der seinen kleinen Finger in das Mäulchen des Lamms gesteckt hatte. Ich tat dasselbe, obwohl ich nicht wußte, wie man einen Säugling richtig hielt. Ich versuchte mich zu erinnern, wie Aletta es gemacht hatte. Wenn er satt war, flogen seine wackeligen Ärmchen auseinander und seine blauen Augen verengten sich zu Schlitzen. Ich platzte fast vor Freude, als seine winzige gekräuselte Faust, mit Fingernägeln wie Tropfen aus Kerzenwachs, sein erstes Wunder vollführte: Er griff sich meinen Zeigefinger.

Am dritten Morgen wirkte der Säugling matt und teilnahmslos. Offenbar litt er jetzt nagenden Hunger. Als ich ihn wieder fütterte, mußte ich der Tatsache, die ich nicht hatte wahrhaben wollen, ins Auge sehen: Ich mußte jemanden finden, der ihm eine Mutter sein konnte. Ich wickelte ihn in saubere Lumpen, verpackte ihn warm in seinem Körbchen und ließ ihn in seinem Versteck im Glockenturm zurück, um mich auf die Suche zu machen. Unterwegs fiel mir ein, daß Descartes von seinem Dienstmädchen in Amsterdam ein Kind gehabt hatte. Aber Descartes hatte sein Kind als sein eigenes aufziehen dürfen. Nirgendwo in Delfzijl wies ein kleines, von einem roten Tuch bedecktes Holzschild unter einer Dachtraufe auf die Ankunft eines Neugeborenen im Hause hin, aber was hätte es mir genützt? Sobald man es verdächtigte, Alettas Kind zu sein, würde es niemand aufnehmen.

Als ich es das nächste Mal fütterte, fand ich heraus, wie ich die Milch an meinem Finger in seinen Mund tropfen lassen konnte, und ich glaube, daß es dabei mehr abbekam, aber die Zeit wurde knapp.

Bei frostigem Nebel überquerte ich die glitschige Damsterdiep-Brücke nach Farmsum. Unterwegs traf ich Männer von der *Waterschap* aus Delfzijl und Farmsum, die Sickerstellen vermaßen und vor Kälte mit den Füßen stampften, und Bauern, die an drohenden Bruchstellen Fangdämme errichteten. Es gab keine Neugeborenen-Schilder in Farmsum. Ich ging nach Hause, um das Kindchen zu füttern, und lief dann in einem anhaltenden Nieselregen am Ufer des Damsterdiep landeinwärts nach Solwerd, über Felder, die von acht Regentagen aufgeweicht waren. Dort bauten Bauern Erdrampen für die Tiere und hievten mit Flaschenzügen, die an Dachgiebeln befestigt waren, Vorräte in Obergeschosse und Heuböden hinauf. Auch in Solwerd waren keine Geburtsankündigungen zu sehen. Ich wäre noch den ganzen Weg bis nach Appingedam gegangen, aber wenn ich nicht zum Abendbrot erschienen wäre, hätte Rika gefragt, wo ich gewesen sei. Ich fütterte das Kleine noch einmal und kam völlig durchnäßt nach Hause. Da sich Onkel Hubert in Amsterdam aufhielt, bat mich Rika, ihre reich verzierte Gewürzkommode aus Mahagoni nach oben zu tragen. Auch nachdem alle achtundvierzig Fächer herausgenommen waren, schaffte ich es kaum allein; danach fiel ich erschöpft ins Bett.

Schlaflos quälte ich mich durch die Dunkelheit der Nacht. Aletta Pieters sollte am nächsten Tag um zwölf Uhr mittags gehängt werden. Würde ich hingehen und zusehen, müßte ich für den Rest meines Lebens mit dem Schrecken leben. Würde ich nicht hingehen, ließe ich sie im Stich. Lieber Erinnerung als Verrat, beschloß ich.

Eine Hinrichtung zur Mittagsstunde würde bestimmt eine Menschenmenge anlocken, also würde niemand Verdacht schöpfen, wenn ich mich vor dem Raadhuis zu den Dorfburschen gesellte und in ihre Scherze einstimmte. Als aber die Kirchenglocke elf schlug und der Regen wieder einsetzte, betrat ich einen vollkommen leeren Marktplatz. Wenn ich der einzige Zuschauer wäre, würde mich das untrüglich zum Vater des Kindes erklären. Aber das war nicht der Grund, weshalb ich weiterging. Ich konnte einfach den Blick aus nächster Nähe nicht ertragen. In einem Akt äußerster Feigheit überquerte ich den Platz und kletterte den Kirchturm hinauf. Durch das Fenstergitter im Glockenturm konnte ich das Raadhuis sehen, wo man den Galgen aufgebaut hatte. Vielleicht würde sie zu mir hochschauen.

Das gedämpfte Klopfen von Regen auf Dachziegeln schwoll zum Tosen, von dem ich hoffte, daß es das Mittagsläuten übertönen könnte. Als es die halbe Stunde schlug, waren die Pfützen zu Tümpeln angewachsen, und Männer setzten sich mit Karren, auf denen sie Weidenmatten und Bretter, Torfplaggen und Sandsäcke, Schaufeln und Holzpflöcke und an Stangen befestigte Laternen geladen hatten, über das Torfmoor Richtung Meer in Bewegung. Die Flut beschäftigte alle, und so kam niemand, um Aletta Pieters hängen zu sehen. Die einzig verbliebenen Bewohner des Städtchens waren die der Hinrichtung vorsitzenden Aldermen und der Sheriff sowie Frauen, die versuchten, ihre Kühe ins Obergeschoß ihrer Häuser zu befördern, Mädchen, die Bettzeug, Essensvorräte und Torf auf die Dachböden trugen, und kleine Jungen, die Ruderboote mit Seilen an Dachbalken vertäuten.

Als der Karren heranrollte, sah ich, daß man sie an einem Pfosten festgebunden und ihr die Arme längs am Leib verschnürt hatte. Sie hatte kein einziges Haar mehr! Bittere Wut stieg in mir auf. Man hatte ihr den Schädel rasiert. Eine Vorbereitung für das Schäumen, würde sie glauben. Dabei wollte bestimmt nur die Frau des Kerkermeisters das Haar wegen seiner seltsamen Farbe haben, um es in Gürtelschnallen einzuweben. Wer das versuchte, war zum Scheitern verurteilt. Alettas Seidenhaar würde nie halten.

Ungeschickt hielt ich den Säugling so vor mich, daß sein Gesicht nach draußen schaute. Mit dem ersten Blick hinaus in die Welt würde er seine Mutter hängen sehen. Wieviel er noch lernen mußte! Ich hängte einen Zipfel von Alettas Schal aus dem Fenster hinaus, um ihr zu zeigen, daß wir zuschauten, und betete, daß sie ihn sehen würde. Ich glaube, daß sie sich in diesem Moment auf dem Karren noch weiter aufrichtete und das Kinn hob, als würde Rika persönlich ihr zuschauen. Nichts an ihrer Haltung verriet etwas von der Schande, nun sterben zu müssen, in den Tod geschickt zu werden. Ihr Blick suchte den Himmel ab. Ich hoffte, daß sie in all dem Grau vielleicht einen Storch entdeckte. Oder eine Luftblase, die aufplatzte und ihr versicherte, daß sie ringsum von Gottes Atem umgeben war. Das triefende graue Kleid klebte an ihr und ließ die kleine, schöne Wölbung ihres Bauches erkennen. Ich schluckte ein Gefühl hinunter, das wohl annähernd etwas wie Liebe sein mußte.

Der Regen prasselte auf die Pflastersteine des Marktplatzes, peitschte gegen die Fenster und rann in Strömen die Hauswände herunter. Zweifellos saßen an all den Fenstern gaffende Gesichter, die den Regen verfluchten, weil er ihnen die Sicht verdun kelte. Alderman Coornhert schritt unter dem Treppengiebel des Raadhuis hinter einem Regenvorhang auf und ab wie ein General. Nun mach schon, Mann! Kleinlicher Arm spießbürgerlicher Gerechtigkeit. Nur keinen Anstoß erregen, indem man ein Urteil zu früh, zu spät oder überhaupt nicht vollstreckte. Ordnung. Ordnung mußte sein. Wenngleich die Welt unterginge und die Berge mitten ins Meer sänken, Ordnung mußte sein. Pünktlich um zwölf würden sie Aletta hängen; diese elende letzte halbe Stunde würde man sie mit kahlrasiertem Kopf im schneidenden Regen warten lassen. Die Wehrlosigkeit ihrer zitternden, geschwollenen Lippe hätte sie so weit beschämen müssen, ein Mindestmaß an Gnade walten zu lassen, und wenn es nur den Tod ein wenig früher als zur Mittagsstunde bedeutet hätte.

Dicht hinter mir im Turm läutete die große Glocke. Das Kind in meinen Armen fuhr zusammen. Ich drückte es fester an mich. Dann fühlte ich in meiner Brust den Widerhall der Glocke, die sich in ihrer langsamen, bombastischen Art anschickte, zwölf Mal zu schlagen.

Ob Aletta den Gesamteffekt hätte würdigen können – die vom Regen graue Luft, dahinter, in einem leicht dunkleren Grauton, der Galgen und das schlichte Backstein-Raadhuis –, wenn sie es aus anderer Perspektive hätte sehen können?

Ich wollte auf ihre Hände blicken, nur auf ihre Hände, obwohl ich nicht erkennen konnte, wo ihre Finger aufhörten und wo der Regen anfing. Regen strömte an ihren Fingern herab, bis es jenen plötzlichen, unverwechselbaren Ruck gab, den ich durchaus sah, und immer vor mir sehen werde, als ihre Füße wild um sich stießen, nicht aufhörten zu zappeln, so daß ihre *Klompen* davonflogen, und in meiner Vorstellung schüttelten ihre Hände das Wasser ab, und im nächsten Moment sah ich wieder, wie der Regen von ihren Händen und ihren stillen Füßen in schmalen silbernen Schnüren herabrann.

Meine Seele schauderte.

Ich drehte dem Fenster den Rücken zu und beugte mich schützend über den Säugling, bis das Echo des zwölften Glockenschlags verklungen war. »Vater, gib Deinen Frieden, wenn wir jetzt auseinandergehen«, flüsterte ich, und mein Atem kräuselte das federweiche Haar des Kindes. »Den Frieden, der höher ist als alle Vernunft, sende unseren harrenden Seelen.«

Mit geschlossenen Augen sah ich noch einmal den Ruck, das abgeschüttelte Wasser, ihre Füße, erst wild und dann still.

Jeder, der nahe genug dabeigestanden hatte, um etwas von dem abgeschüttelten Wasser abbekommen zu haben, so hätte sie vielleicht gesagt, sollte sich auf einiges Pech im Zusammenhang mit Wasser gefaßt machen. Darauf, sich etwa mit kochend heißem Tee den Mund zu verbrühen, was noch das harmloseste wäre, schlimmstenfalls aber in der Flut, die unweigerlich kommen würde, zu ertrinken. Der Fluch des abgeschüttelten Wassers, so hätte sie es genannt.

In rascher Folge wurde Alarm geläutet. Ich legte den Säugling behutsam in seinen Korb, ließ ihn im Turm zurück und stolperte die enge Stiege hinunter, wo ich kaum etwas sehen konnte, und schloß mich den wenigen verbliebenen Männern der Gemeinde an, die über das Torfmoor rannten. Ein stürmischer Regen stach mir wie mit Nadeln ins Gesicht, ich rutschte aus und fiel hin. Alle Windmühlen entlang des Damsterdiep waren stehengeblieben, mit den Flügeln in der Alarmposition.

Windgepeitschte Schaumkronen schwappten hier und da über den Seedeich. Ein grauer, unpersönlicher Tod züngelte am Festland. Der Wasserwolf aus Alettas Alpträumen entblößte seine weißen Reißzähne, von denen Schaum auf die Uferböschung tropfte. Ich fügte mich ein in die Reihen der Männer, die dabei waren, die Deichkrone mit Planken zu erhöhen. Zwischen jede Planke schaufelte ich wie ein Verrückter feuchte Erde.

Spät am Nachmittag ergoß sich weiter nördlich, wo niemand arbeitete, die See über den Deich und lief sprudelnd über das flacher gelegene Torfmoor und füllte die Stichkanäle. Wir kletterten die Binnenböschung des Deiches hinauf und arbeiteten über der Wasserlinie, bis uns ein Leichter aus der Flußmündung zu Hilfe kam und mit der Breitseite in die Einbruchstelle fuhr, wo wir ihn mit Seilen sichern konnten und die Lücken mit Seetang, Schilfmatten und Torfstücken verstopften. Dann brach die See an einer anderen Stelle ein. Ein überwältigendes Gefühl der Niederlage erfaßte mich, und einen Moment lang rang ich nach Luft. Wahrscheinlich gewann überall entlang der Küste das Meer die Oberhand.

Wir reparierten die neue Lücke mit der Seitenwand der nächsten Scheune, die wir niedergerissen hatten, banden sie an den Deichklampen fest und dichteten das Loch mit Lehm ab. Im schnell schwindenden Tageslicht konnte ich erkennen, wie die eben ausgebesserte Stelle wieder nachzugeben drohte. Die ganze Nacht verbrachten wir in gläserner Dunkelheit, die Hacken in die Erde gestemmt und mit untergehakten Armen, Schulter an Schulter, in einer betäubten Kette aus Leibern, während sich unsere Rücken gegen die abschüssige Deichwand preßten. Der Wolf auf der anderen Seite sprühte eisiges Meerwasser auf mein verschwitztes Gesicht, und meine Arme brannten. Ich schloß die Augen, um den Schmerz zu vertreiben, und stellte mir Aletta vor, wie sie, den Bläschen in den Pfützen ausweichend, in einer Schlangenlinie lief. Regen rann mir in den Kragen, und Regen fiel auf den Kirchturm und das Raadhuis und den Galgen und Alettas ungeschützten Kopf. Landeinwärts konnte ich eine Reihe von Signalfeuern sehen, die sich weit nach Norden hin erstreckten. Ich zählte sie, und später zählte ich sie noch einmal, und als es weniger waren, wußte ich, daß die See an einer anderen Stelle eingebrochen war. Das Land würde überschwemmt werden. Mit dem Donner und den ruchlosen Blitzen brachen Wellen von Schock und Fassungslosigkeit und Wut über mich herein, bis aller Schock und alle Wut und Fassungslosigkeit aus mir herausgespült waren und nur noch ein fröstelndes Gefühl der Niederlage zurückblieb. Und im Turm der Säugling, der sich hungrig durch die Nacht schrie.

Irgendwann spürten und hörten wir schließlich, daß die Tide gewechselt hatte. Was immer für Wasser nun kommen würden, es machte vor nichts mehr halt. Langsam lösten sich Gestalten aus dem Schatten des Deiches, der Regen nahm ab und wurde zu einem feinen Dunst, und in der stummen Morgendämmerung lag eine schreckenerregende Schönheit. Ich entfernte mich ein paar Schritte von der Böschung und stand dann da wie ein Kruzifix, unfähig, die Arme fallen zu lassen. Im milchig-grauen Licht drehte ich mich um und sah, daß der fleischige dicke Arm, den ich die ganze Nacht umklammert hatte, Alderman Coornhert gehörte.

»Du bist ein anständiger Junge«, sagte er. »Viel besser als dieses Frauenzimmer.«

Mich packte die Wut. Wer noch hatte alles Bescheid gewußt?

Drängelnd verschaffte ich mir einen Platz im ersten Kahn, der nach Delfzijl zurückfuhr. Torfmoor und Bauernhäuser, alles stand unter Wasser. Aus den kahlen Bäumen waren Büsche mit Zweigen geworden. Torfgräberfamilien saßen auf durchnäßten Reetdächern oder Ästen, die sie sich mit Hühnern teilten. Eine Müllerfamilie kauerte auf der Mühlenkappe. Große, sanfte Groninger Zugpferde schwammen stumm und ziellos umher, ohne zu begreifen, was passiert war. Einen Augenblick lang beneidete ich alle Tiere um ihr einfaches Leiden.

Ohne die geraden Linien der Kanäle und Entwässerungsgräben, die die Äcker der Bauern markierten, wirkte das Land weniger von Menschenhand geprägt. Das Städtchen war geschrumpft, winzig geworden. In Delfzijl überschwemmte das Wasser die Gerechten wie die Ungerechten. Nur die unteren Räume der Häuser standen unter Wasser. Und der Boden der Kirche. Ich wußte, daß der Säugling oben im Kirchturm sicher war. Wir glitten zwischen dem Raadhuis und der Kirche über den Platz, auf einer Wasseroberfläche, die flach wie ein Zinnteller war und von einer riesengroßen Ratte auf einer Holztür überquert wurde. Ein Omen, hätte Aletta gesagt. Aber der Galgen und Aletta Pieters waren fortgeschwemmt worden.

Das Haus von Tante und Onkel war durch das Wasser, das im Erdgeschoß auf Fensterhöhe stand, in seinen Maßen heruntergestuft und in seine Schranken gewiesen worden. Vom Boot stieg ich durch ein halb versunkenes Fenster hinein und fand dort Rika, die auf der Treppe stand, die Kleidung von der Hüfte abwärts durchnäßt, und in der einen Hand eine ceylonesische Urne, in der anderen das Gemälde mit dem Mädchen hielt, beides Gegenstände, die man sich angeeignet hatte, indem man eine arme Seele auf den amerikanischen Kontinent verschleppt und zur Hölle auf Erden verdammt hatte. Kein menschliches Wesen band mich an Rikas Haus, das mit den Insignien der Unterdrückung ausgeschmückt war. Noch band mich etwas an diese Stadt der vorschnellen, unhinterfragten Justiz. Ihnen mit der widerwilligen Aufnahme eines Waisenkindes den Ablaß ihrer Sünden zu ermöglichen, wäre zu einfach gewesen. Ich mußte mich wieder schwierigeren Lösungen zuwenden.

»Wie siehst du bloß aus –«

»Ich muß fort von hier, Rika.«

»Ja, in der Tat. Es überrascht mich, daß du hiergeblieben bist, um am Deich zu helfen.«

»Dann weißt du es?«

»Verschwundenes Mädchen. Verschwundenes Essen. Neffe, der zu jeder Tages- und Nachtzeit ausgeht. In einer leeren Kirche sitzt wie ein Katholik. Ich hatte angenommen, du würdest fortgehen, als sie – gestern mittag.«

»Dann wußtest du, daß sie in der Kirche war, und hast die Leute hingeschickt!«

»Um dich vor ihr zu retten.«

»Mich zu retten?«

»Jetzt bist du frei«, stammelte sie verschämt.

Wie konnte ich jemandem, der so dachte, irgend etwas erklären?

»Rika, ich brauche Geld.«

»Geld?« Sie stellte die Urne auf einer Stufe ab und blickte mich verständnislos an. »Das halbe Land steht unter Wasser, und du machst dir Sorgen um Geld?«

»Da ist noch ein zweites Kind.«

Sie tat einen übertrieben langen Atemzug und ließ mich auf ihre Antwort warten. »Wenn ich dir etwas gebe, versprichst du dann, das Kind mitzunehmen?«

»Glaubst du, ich würde es den guten Menschen von Delfzijl überlassen?«

»Nimm das hier.« Sie hielt mir das Gemälde hin. »Verkauf es in Amsterdam. Ich gebe dir das Zertifikat des Händlers. Es war ihr Lieblingsbild, auch wenn es sie immer zum Weinen brachte.« Ihr Kinn bebte. »Ich kann mich jetzt nicht mehr daran erfreuen.«

»Meine Mühlenzeichnungen?«

»Auch die habe ich gerettet. Sie sind oben.«

»Gib sie der *Waterschap*.«

Durch hüfthohes Wasser folgte ich ihr ins Obergeschoß und nahm das Gemälde, das Zertifikat, eine zweite Decke, meine Bücher und meinen Rucksack sowie ein Käseviertel, das Rika mir noch gab, lud alles in Onkel Huberts Ruderboot und stieß mich ab. Rika stand am oberen Fenster wie auf einem Hausboot oder einer Arche. »Vergiß nicht, Rika«, sagte ich, »als es den Herrn reute, daß Er den Menschen gemacht hatte, ließ Er eine Sintflut kommen.«

Ich stieg hinauf zum Dachboden der Kirche, wechselte dem Kind die Lumpen, fütterte es, wickelte es in Alettas Schal und die Decke und legte es ins Heck von Onkel Huberts Ruderboot, damit ich es sehen konnte, stellte an den Seiten das Gemälde und meinen Rucksack ab und breitete darüber eine weitere Decke, wie eine Zeltwand. Erschöpft ruderte ich fort von der Stadt Delfzijl mit all ihren schlammigen Wahrheiten.

Anfangs hatte mich das strudelnde Wasser im Griff, und die Strömung des Damsterdiep trieb mich immer wieder zurück, bis ich gelernt hatte, sie an der gekräuselten Oberfläche zu erkennen und ihr auszuweichen, indem ich mich nah an den Bauernhäusern hielt. Ich bekam Krämpfe in den Armen und mußte hin und wieder die Ruder ablegen, und meine Ohren schmerzten von der kalten Brise.

Im Landesinneren, etwa bei Solwerd, wurde das Wasser friedlicher, und die gleichtönige Bewegung des Bootes wiegte den Säugling in Schlaf. Der Wind riß ein Loch in die Wolken, und die Sonne warf ein silbernes, blendendes Licht auf das Wasser. Hinter Solwerd breitete sich die Trostlosigkeit der Überschwemmung mit entsetzlicher, trügerischer Ruhe aus. Wenn das Land erst wieder entwässert war, würde Meeressand die Felder bedecken und die Erde noch auf Jahre salzhaltig bleiben. Mit einem Schlag war all mein Stolz auf die Wissenschaft, die die Natur beherrschen sollte, verschwunden. Die Zeit trieb ihre Possen mit den Menschen. Meine schnellere Entwässerungsmühle war um Jahre zu spät gekommen, Aletta und ich um Jahre zu früh.

»Viel besser als dieses Frauenzimmer«, das stimmte nicht. Ich hatte nicht gegen Dämonen gekämpft. Ich war nur mit ihrer Strömung getrieben, während sie … Nicht ein einziges Mal war sie der Feigheit des Selbstmitleids erlegen. Ich hatte mir die Liebe gern als unverbindliche Zugabe vorgestellt und nicht als die Königsspindel, die alle anderen Teile in Bewegung setzt. Ich hatte angesichts der Kraft ihrer Drehung nicht andächtig davor verharrt. Alles, wovon ich an der Universität gelernt hatte, daß es fest und ewig sei, trieb nun ankerlos dahin, mit dem Ergebnis, daß mir Gott auf meinem langen Heimweg im Boot viel unergründlicher geworden war.

Auch Appingedam stand unter Wasser. Ich erreichte es am Nachmittag. Die Menschen waren in Ruderbooten unterwegs, um vor dem frühen Einbruch der Dunkelheit ihr Vieh und ihren Besitz zu retten. Dann kam der Weiler Oling, wo mir zwei kleine Kinder, die aus einem offenen Fenster mit roten Läden lehnten, zuwinkten und lachend riefen: »Nikolaus! Nikolaus!«

»Habt ihr Milch?« rief ich.

Sie kicherten nur. Ich fragte sie noch einmal und sie verschwanden unter dem Fensterbrett. Dort, wo sie aus dem Wasser ragte, konnte ich sehen, daß auf die Tür, über die sich im Bogen eine blattlose Pflanze rankte, eine ländliche Szene gemalt worden war, wie es bei den Bauersleuten weiter im Süden Brauch ist. Kurz darauf kam eine Frau ans Fenster und ließ einen Holzeimer mit einem irdenen Milchkrug herab. Ich nahm ihn heraus, bedankte mich bei ihr und ruderte hinter eine Scheune, wo ich außer Sichtweite war, und das Boot an einem Baum festmachte. Ich tunkte meinen Ärmel in die Milch und ließ sie in den Mund des Säuglings tropfen.

Ich bedauerte, daß ich keine Schlaflieder kannte. All die mütterlichen Koselaute für Kinder – keinen einzigen kannte ich, und nur die Lobpreisung des Herrn fiel mir ein.

»Lob, Ehr und Preis sei Gott, dem Vater und dem Sohne«, sang ich leise, und ließ die Milch in seinen Mund fließen, und lächelte ihn an.

»Und Gott dem Heiligen Geist im höchsten Himmelsthrone.«

Die Frau hatte keine Fragen gestellt, als sie mir die Milch ans Fenster brachte. Ich spürte, wie sich ein Klumpen in meinem Hals bildete. Das waren glückliche Kinder an dem Fenster. Hier war der richtige Ort.

»Ihm dem dreiein'gen Gott, wie es am Anfang war.«

Zum ersten Mal sang ich meinem kleinen Sohn etwas vor, und es sollte das letzte Mal sein. Meine Stimme brach und endete kaum hörbar:

»Und ist und bleiben wird jetzt und immerdar.«

In der Abenddämmerung kam ein Mann zum Haus gerudert, band sein Boot am Giebel fest, reichte ein flügelschlagendes Huhn durchs Fenster und kletterte selbst hinterher. Ich kramte in meinem Rucksack nach einem Bleistiftstummel und schrieb auf die Rückseite des Zertifikats des Kunsthändlers: »Verkauft das Gemälde. Füttert das Kind.« Danach wickelte ich meinen Sohn, das Papier und das Kohlblatt in die Decke ein. Die Erschöpfung und das Plätschern des Wassers gegen den Schiffsrumpf ließen mich im Sitzen einschlafen. Später erwachte ich in der Dunkelheit und legte unseren schönen Sohn in das Boot des Mannes, schützte ihn mit dem Gemälde und der Decke und griff zu den Rudern.

Im Davonfahren hörte ich, wie das Boot in zaghaften kleinen Wellenbewegungen leicht gegen das Haus stieß, als wollte es höflich anklopfen, wie ein Segen, und ich wußte, daß ich, wenn es sein mußte, den ganzen Weg bis nach Groningen zurückrudern würde, bis ich wieder festen Boden unter den Füßen hatte.

Und ich frage mich, ob es Blasphemie wäre, Gott für diese Rückkehr zu danken?

Adriaan Kuypers, Fakultät der Wissenschaft und Philosophie an der Universität Groningen, am Vorabend des St.-Nikolaus-Tags am 5. Dezember 1747. Regen den ganzen Tag.

SIEBTES KAPITEL

Stilleben

Im Stadtsitz des Pieter Claesz van Ruijven, einer Backsteinvilla am Oude Delft Kanaal, wurde Johannes in dasselbe holzgetäfelte Vorzimmer gebeten, in dem er über die letzten zehn Jahre Stück für Stück seine Gemälde angeboten hatte.

»Er ist im Augenblick beschäftigt«, sagte das junge Dienstmädchen. »Was soll ich ihm sagen, welcherart Ihr Besuch ist?«

»Ich hatte gehofft, die Gemälde sehen zu können.«

Ein schnelles, zweitonales Kichern entfuhr ihr. »Sie? Haben Sie sie nicht schon oft genug gesehen?« Sie führte ihn in die große Halle. »Ich richte ihm aus, daß Sie hier sind.«

Allein gelassen. Genau das, worauf er gehofft hatte. Mit seinen Gemälden, die den Raum von allen Seiten erwärmten.

Ansicht von Delft, groß und allein und leuchtend an der gegenüberliegenden Wand. Die atemlose Stille des Morgens, bevor die Stadt von innen heraus erwacht. Nur das Licht als Handlungsträger, das liebevoll auf den fernen Turm der Nieuwe Kerk und die orangenen Dächer der Innenstadt flutete. Davor die Stadtmauer, das Schiedamer und das Rotterdamer Tor und sogar die Boote der Heringsfischer, die ruhiger, dunkler, unter einer Wolke verharrten, noch nicht erwacht waren. Würde je ein Mensch außer ihm in dieser momentanen Stille die Gnade Gottes fühlen können? Das Gemälde aus dieser Distanz zu sehen bedeutete, daß er alle Details gleichzeitig auf sich einwirken lassen konnte. Auf das Bild zuzugehen, als würde er sich der Stadt nähern, begeisterte ihn. Dieses aufregende Gefühl war ihm in der kleinen Dachstube, die er auf der gegenüberliegenden Flußseite gemietet hatte, um die Ansicht zu malen, versagt geblieben.

Oh, was gäbe er darum, das Zimmer wiederzuhaben. Für das Geschenk der Stille. Derzeit mußte er im Wohnraum der bedrängten Behausung seiner Familie gleich am Marktplatz malen. Elf Kinder, von denen einem der Großteil mit laut klappernden *Klompen* auf dem Kachelboden ständig vor die Füße rannte. Die Jungen mit ihrem lauten Gebrüll bei ihren imaginären Schlachten. Die Mädchen mit ihrem Gekeife und Gerangel, wer welche Hausarbeiten zu erledigen hätte. Das gequälte Husten der kleinen Geertruida. Das schreiende Baby. Die lärmende Schenke gleich nebenan, die seiner Mutter gehörte, und Willem, sein unzurechnungsfähiger Schwager, der wilde Anschuldigungen durch den Hofdurchgang rief.

Er sehnte sich nach Ruhe. Jedes jähe Geräusch konnte bewirken, daß sein Pinselstrich abglitt, dann fiel das Licht nicht im richtigen Winkel auf die Furchen, die die kleinen Borsten hinterließen, und er mußte neu ansetzen und übermalen. Doch diese zusätzliche Farbschicht hob sich, dünn wie ein Seidenfaden, von ihrer Umgebung ab. Das ließ sich nicht vertuschen. Jedesmal, wenn er hinsah, war da der Fehler und schrie ihm ins Gesicht. Beispiele eines solchen Versagens würden ihn lähmen, wenn er sie hier entdeckte.

Statt dessen suchte er das Gemälde nach den Stellen von hervorragender Genauigkeit ab, nach Zeichen der Könnerschaft seiner Pinselführung. Hier, aus der Nähe, beruhigte ihn die durchscheinende Glätte des blauen Schieferdachs des Rotterdamer Tors, und das grob texturierte, sandige Impasto der Dachpfannen im Vordergrund stimmte genau. Ja. Aber war ihm das nur zufällig gelungen?

Irgend etwas in der großen Halle war anders. Er schaute sich um. Ah! Pieter hatte die *Straße in Delft* an die angrenzende Wand gehängt. Ihm gefiel diese Nähe, die freundliche, stille Bescheidenheit der kleinen *Straße* neben der Größe der ganzen Stadtansicht. Angesichts der absoluten, atemberaubenden Notwendigkeit des roten Fensterladens in der kleinen Straße, der Vertrautheit der Figuren, die friedlich ihrem Alltag nachgingen, spürte er, wie ihm das Herz höher schlug. Ein Mädchen kniete am Straßenrand, ihren Rücken dem Betrachter zugewandt, so daß sich der erdige, umbrafarbene Rock hinter ihr aufbauschte wie ein riesiger, luftiger Kürbis. Die Szene erfreute ihn aufs neue. Genauso hatte er seine eigenen Mädchen dasitzen sehen, vollkommen und glücklich in ihr Spiel versunken.

Aber brauchte die Welt wirklich das zigste Bild von Menschen, die friedlich ihrem Alltag nachgingen? Konnte das zigste Bild wirklich dafür entschädigen, daß Fleisch auf dem Eßtisch seiner Familie eine Seltenheit war?

Hinter ihm knallten Stiefelhacken auf dem Marmorboden. Er drehte sich um und fragte: »Wie geht es dir, Pieter?«

»Gut, gut.«

»Wie läuft die Brauerei?«

»Ausgezeichnet. Befindet sich im Aufstieg wie die Blume auf einem guten Bier.« Pieter bot ihm ein Glas Wein aus einem bauchigen weißen Krug an. Jan hielt abwehrend die Hand hoch. »Du arbeitest also an einem neuen Gemälde und bist gekommen, um mich zu verführen, indem du mir davon erzählst?«

»Noch habe ich kein neues Gemälde begonnen. Ich versuche mich gerade zu entscheiden.«

»Nimm dir doch einfach wieder eine von deinen Töchtern, oder Catharina, setz sie auf einen Stuhl und fang an zu malen. Dein Pinsel erledigt den Rest von ganz allein.«

Mit einem Stoßseufzer gab Jan seiner Belustigung über Pieters Naivität Ausdruck.

»Ich weiß, du bist der Ansicht, daß ein Gemälde

eine Wahrheit verkörpern muß«, sagte Pieter in einem übertriebenen, leiernden Tonfall und lächelte.

»Und wenn nicht, dann sollte es einen zumindest für die Realität des Lebens entschädigen.«

Damit ein Gemälde etwas ausdrückte, das er für authentisch hielt, brauchte er Zeit zum Brüten, manchmal Monate des scheinbaren Nichtstuns. Er konnte nicht unter Zwang irgendwelche Wahrheiten entdecken. Aber er konnte sich einem Gemälde oder einem Thema mit Hingabe und Begeisterung widmen, wie das Mädchen, das seine Nase regelrecht in dem Bürgersteig dort vergrub und mit Leib und Seele in ihrer Tätigkeit aufging. Dennoch spürte er, daß er zur Zeit bei jedem Thema zögerte, das sich ihm bot, und er sich von der Sünde der Eigennützigkeit gepeinigt fühlte, wenn er einfach weitermachte wie bisher.

»Ein Mann hat in seinem Leben nur Zeit für eine begrenzte Anzahl von Gemälden«, sagte Jan. »Er sollte sie mit Bedacht auswählen.«

»Das wirst du tun. Ich weiß es. Du willst mich nur auf die Folter spannen.«

Jan lächelte nachsichtig; er wußte, daß er gehänselt wurde. Er spürte, wie er sich gegen den drohenden Abgrund des Nichtmalens wehrte, ein Zustand, von dem er bezweifelte, daß er noch das Leben wäre. Immer wenn er vor der Vollendung eines Bildes stand, bemerkte er an sich eine schändliche Abscheu gegen die Wiederaufnahme des Kontaktes zur Realität von Heim und Herd. Seine Familie trat diffus in den Hintergrund, während er sich tief in die Arbeit an einem Gemälde vergrub, aber in jenem Zwischenstadium, wenn er ein Gemälde abgeschlossen und noch kein neues begonnen hatte, konfrontierte sie ihn in Form einer mahnenden Verantwortung.

»Ein Vetter hat mir angeboten, zusammen mit ihm ins Geschäft mit Kaffastoffen einzusteigen«, sagte Jan. »Ich kenne mich ein wenig aus damit. Mein Vater war Kaffaweber.«

Pieter zündete sich seine gebogene Porzellanpfeife an. Durch den Rauch war zu erkennen, daß er einen ernsten Gesichtsausdruck angenommen hatte. »Du hast noch eine andere Verpflichtung, weißt du.«

Ja, das wußte er. Die zweihundert Gulden, die Pieter ihm als Vorschuß auf den Verkauf seiner nächsten beiden Bilder gegeben hatte, ganz gleich, ob Pieter oder jemand anderer sie erstand. Dennoch benötigte er jetzt weitere zweihundert. »Ich weiß, ich weiß. Ich suche noch nach einem Thema.«

»Ich meine nicht die Schulden. Ich meine eine tiefer gehende Verpflichtung. Die Verpflichtung, die du gegenüber deinem Talent hast.«

Ja, sprich davon, dachte er im stillen. Überzeug mich. Er betrachtete das glühende Gelb und Ocker des Lichts, das über die Hände der *Briefleserin am offenen Fenster* fiel. »Wozu braucht die Welt das zigste Gemälde einer Frau, die in einem Zimmer allein ist? Oder noch hundert andere?«

Es war riskant, so etwas zu sagen. Vielleicht war er zu weit gegangen, aber er sehnte sich verzweifelt nach einer Antwort Pieters, die seinen Selbstzweifeln widersprach, diesem Schattenkameraden, der jede Nacht in der Dunkelheit zwischen ihm und Catharina lag und ihn schmerzlich sein Bedürfnis spüren ließ, sich der Sicherheit und Freude des nächsten Gemäldes zu überlassen.

»Die Welt weiß noch nicht, was sie alles braucht«, sagte Pieter, »aber die Zeit wird kommen, da ein weiteres deiner Bilder von einer Frau, die an einem Fenster sitzt, ihr etwas geben wird.«

»Aber der Preis …« Er meinte nicht die Verkaufssumme, die er veranschlagen würde. Er meinte den Preis, den sein Haushalt dafür zahlen mußte. Den Preis, den Catharina zahlen mußte, die ihn nie ganz für sich allein hatte. Jede Erwartung eines innigen Augenblicks mit ihm wurde durch seine Zweisamkeit mit einem Gemälde verdrängt. Den Preis, den seine kleine Geertruida zahlen mußte, die aus Ermangelung eines Wintermantels oder eines anständigen Feuers an einer hartnäckigen Krankheit litt. Für jedes Gemälde, für jeden Monat, in dem er nicht Stoffe verkaufte, mußte seine Familie einen Preis zahlen.

»Wenn du also nicht gekommen bist, um mir von einem neuen Gemälde zu erzählen, was führt dich dann zu mir, Meister Jan?«

»Ich –« Plötzlich blieben ihm die Worte, mit denen er sein ursprüngliches Anliegen vortragen wollte, im Hals stecken. »Ich wollte nur die Gemälde betrachten.«

»Jederzeit, guter Mann.« Pieter klopfte ihm auf die Schulter. »Jederzeit. Die Halle steht dir immer offen. Und nun, wenn du mich bitte entschuldigen würdest...« Er ging zu der Flügeltür und drehte sich noch einmal um. »Male, Johannes, male.«

Jan lächelte und nickte Pieter zu. Nur ein Malerkollege konnte die Sensibilität verstehen, die erforderlich war, um jenes labile Gleichgewicht herzustellen, die Realität auf Armeslänge zu halten, um im innersten Zentrum seiner Arbeit bleiben zu können, ohne das er, wie er wußte, nur an der Peripherie der Kunst existieren würde, als kleiner Provinz-Maler. Mit einem begrenzten Ausstoß und einer begrenzten Anhängerschaft.

Er nahm den Rest seiner Gemälde in Augenschein, eins nach dem anderen, neun allein in dieser Halle, saugte alle in sich auf wie ein durstiger Mann die Milch der Sinne. Er ließ sich von der fließenden Gelassenheit der *Milchgießerin* erfüllen. Von dem kargen Raum und der zerbrochenen Fensterscheibe, der zerkratzten Wand und den gebrochenen Brotstükken. Die Würde und Wichtigkeit ihrer Tätigkeit, das Eingießen der Milch, wirkten so echt, daß er beinahe das Plätschern in der braunen Tonschüssel zu hören meinte. Ja. Und ihm waren auch die Falten des Ärmels gelungen, nicht nur indem er die Farbtöne verändert hatte, wie es jeder Künstler tat, sondern indem er die Dicke des Farbauftrags variiert hatte. Als er die Entdeckung machte, wußte er, daß sie seine Methode, Stoffe zu malen, von nun an grundlegend verändern würde. Es war nur wenige Tage nach der Geburt eines Kindes gewesen, Francis vielleicht, oder Beatrix, und er war voller überbordender Begeisterung über dieses Wunder, einem Wunder so fernab von der Realität des Lebens, daß er es nicht mit Catharina teilen konnte. Allein seine Entdeckung müßte ihn jetzt eigentlich überzeugen, daß er weitermachen sollte, aber es war nicht der Fall. Jetzt, da er in die Melancholie zwischen der Fertigstellung des einen und dem Beginn eines neuen Gemäldes geworfen war und es ihn fieberhaft nach dem Augenblick verlangte, in dem sich ihm das nächste offenbarte, mußte er sich eingestehen: Es war nicht der Fall.

Später am Nachmittag lief er durch ein Viertel nahe beim Oostende Kanaal, wo die offenen Werkstätten angesiedelt waren, mit einem Ziel, wie er zu glauben meinte, obwohl ihm unklar war, was es war. Er kam an einem Kerzenmacher vorbei, der eine Reihe hängender Dochte in einen dampfenden Bottich mit Talg eintauchte. Er kam an einem Sattler vorbei, einem Schmied und einem Tischler, bei einem Walker, der Tierhaare in einem hölzernen Trog zu Tuch verfilzte, einem Schnitzer, der hinter Reihen von *Klompen* und Uhren, hölzernen Schalen und Löffeln ein kleines Stück Holz aushöhlte, bei einem Porzellanmaler, der immer wieder dieselbe blaue Windmühle und dieselbe Weide auf Stapeln von Tellern auftrug. Sie alle wirkten an ihren Ambossen, Kübeln oder Werkbänken zufrieden mit sich und der Welt. Er spürte keine Seelenverwandtschaft mit ihnen.

Er mußte an seinen Vater denken, wie er vor vielen Jahren vornübergebeugt dasaß und mit der Spitze seines Weberschiffchens seidene Kettfäden hob, um die feinen Muster seiner Zeichnungen auf damastenes Tuch zu übertragen. Ob er Befriedigung in seiner Tätigkeit gefunden hatte?

Hinter der nächsten Straßenecke ertönte eiliges Geklapper von Holzpantinen auf Kopfsteinpflaster. Bevor er stehenbleiben konnte, stieß er mit einem jungen Mädchen mit fliegenden Röcken zusammen. Es war seine zweitälteste Tochter.

»Magdalena!«

»Vater!«

»Wohin willst du in so unziemlicher Hast?« Er glättete ihr das Haar.

»Zu den Stadtmauern«, sagte sie atemlos. »Mutter hat es mir erlaubt. Ich habe alle meine Aufgaben im Haus erledigt, und du warst nicht da, darum mußten auch die Kleinen nicht ruhig gehalten werden. Ich bin bald wieder zu Hause. Ich wollte nur schauen.«

»Ich weiß. Ich weiß, wie sehr du es magst.« Ihr ungeflochtenes hellbraunes Haar fiel lose herab – sie war ohne ihre Haube losgegangen –, und das Gegenlicht ihres in der Brise wehenden Haars ließ sie ätherisch aussehen.

»Komm doch mit, Vater. O bitte. Was man von dort aus alles sehen kann!« Sie bebte voller Vorfreude.

Er lachte gütig über ihr stürmisches Drängen und schüttelte den Kopf. Er hatte schon am Morgen mit seinen Jungen in der Gasse Kegeln gespielt, weil sie so lange gebettelt und ihn erinnert hatten, er habe es versprochen, was der Wahrheit entsprach. Aber es war schon später Nachmittag, und er mußte sich um seine Angelegenheiten kümmern. »Irgendwann komme ich mit. Sieh zu, daß du vor Sonnenuntergang zu Hause bist.« Als sie sich zum Gehen wandte, fiel ihm auf, daß die Hacken ihrer Pantinen zu dünnen, schiefen Scheiben heruntergetreten waren.

So, wie sie ihn eben gefragt hatte, überschäumend vor Begeisterung und Hoffnung, hatte sie ihn auch im letzten Winter gefragt, ob er mit ihr zum Eissegeln gehen würde, und da hatte er sie auf später vertröstet. Dann schlug genau in jener Woche das Wetter um und wurde für die Jahreszeit ungewöhnlich mild; das Eis schmolz, und sie hatten die Gelegenheit verpaßt. Er hatte sich verletzt und hilflos gefühlt. Offenbar war sein Leben darum so schlecht, weil er etwas mit sich herumschleppte, das ihn in keinem Augenblick und in keiner Situation unbeschwert sein ließ. Er war nahe daran, umzukehren und sie einzuholen, aber er ging weiter und machte einen Umweg, damit er unter dem gesprenkelten Laub der Linden, die die Kanäle säumten, entlanglaufen konnte.

Er mied den Marktplatz, weil er bei Hendrick mit einer Brotrechnung in der Kreide stand. Am Vortag hatten ihm Hendricks Ermahnung und die Höhe der Summe einen Schock versetzt, vierhundertundachtzig Gulden. Das war mehr als ein Jahreslohn für einen der Handwerker vorhin. Und er hatte weitere

Schulden beim Krämer und bei der Wollhändlerin. Und jetzt stießen ihn diese abgetragenen Schuhe noch weiter in eine abgrundtiefe Verzweiflung.

Wie an einem Faden gezogen, fand er sich plötzlich in der Mols Laen wieder. Er verweilte kurz vor dem Haus und Geschäft seines Vetters, war erleichtert, ihn nicht vorzufinden, und überquerte dann schnell den Torfmarkt zum Papistenviertel am Oude Langendijk, wo seine Schwiegermutter Maria Thins wohnte, die aristokratische, ehrwürdige alte Dame. Vor ihrer gewachsten Eichentür dachte er an Magdalenas heruntergetretene Holzpantinen und betätigte dann den silbernen Türklopfer. Er fragte unverzüglich und ohne jedes herzerweichende Vorgeplänkel, ob sie ihm zweihundert Gulden Vorschuß auf den Verkauf seines nächsten Gemäldes geben könnte.

Ihr Blick heftete sich auf einen Punkt hinter ihm, über seiner Schulter, als wäre irgendein lebloses Ding, ein Riß in der Wand oder das verzierte Virginal, von wesentlich dringlicherer Bedeutung für sie. Auf diese ihr eigene Art sorgte sie dafür, daß er sich wie ein Bettler vorkam, obwohl sie ihm eine Menge schuldete, wiewohl kein Geld. Wie oft schon hatte er ihren beschränkten Sohn Willem vor der Obrigkeit gerettet, wenn dieser sich wieder einmal auf dem Marktplatz unmöglich gemacht hatte. Mehr als nur einmal hatte Willem seine Unterhosen herabgelassen und sich vornübergebeugt und keckernd Catharina, seine eigene Schwester ausgelacht, wenn sie ihm dort begegnet war. Und er, Jan, hatte unzählige Male einschreiten müssen, um einen Streit im Mechelen zu schlichten, dem Wirtshaus seiner Mutter nebenan, für den normalerweise Willem der Auslöser gewesen war. Trotzdem vermittelte ihm Maria Thins das Gefühl, in allem zu versagen. Er schaute ihr jetzt dennoch ins Gesicht. Selbst im eigenen Haus trug sie noch Rubine in ihren gedehnten weißen Ohrläppchen.

»Ich werde allmählich in Delft bekannt«, sagte er.

»Bei wem? Einem Brauereibesitzer? Einem Bäcker? Hast du Aufträge akquiriert? Nein. Irgendwelche Kirchengemälde?«

»Selbstverständlich nicht. Holländische Reformkirchen stellen keine Maler ein, die zu den Papisten übergetreten sind.«

Er beobachtete die leichte Bewegung ihres Kinns, das sich nach unten drückte und wodurch dessen darunter liegender fleischiger Zwilling sichtbar wurde. Sie war diejenige, die darauf bestanden hatte, daß er konvertierte, eine Konfirmation durch den Bischof inbegriffen, als Bedingung für die Hand ihrer Tochter, und trotz der möglichen Auswirkungen auf seine Karriere hatte er eingewilligt.

»Ich bin zum Vorsitzenden der Lukasgilde gewählt worden«, sagte er.

»Wie ich gehört habe. Meinen Glückwunsch. Macht es sich bezahlt?« Die dünnen Knöchel auf ihrem Handrücken hoben und senkten sich, als sie mit juwelenbesetzten Fingern auf den mit einem Teppich bedeckten Tisch trommelten, an dem sie saßen.

»Ein wenig. Etwas anderes könnte sich daraus ergeben.«

»Könnte. Könnte. Mittlerweile erwartet Catharina ein Kind.«

»Falls dein Sohn sie nicht so verschreckt hat, daß sie es wieder verliert. Er hat sie letzte Woche mit einem Stock über den Marktplatz gejagt. Jetzt geht sie nicht mehr aus dem Haus.«

»Es tut mir leid, Jan. Willem war schon immer aufsässig, immer eifersüchtig.«

»Inzwischen ist es weit mehr als Eifersucht. Der Mann ist eine Bedrohung, wenn nicht für andere, dann für sich. Wie kannst du ihn noch in Schutz nehmen, wo er sogar schon dich angegriffen hat?«

Sie rieb sich ihre Schläfe, als wollte sie die Erinnerung wegwischen. »Was soll ich machen? Das hat er von seinem Vater.«

»Und was soll *ich* machen?«

»Wenn du wolltest, daß deine Familie etwas Besseres als ein paar harte Brotkanten zum Frühstück bekommt, dann würdest du mit dem Malen aufhören. Du würdest dich bei einer der Keramikwerkstätten verdingen. Mit deiner neuen Position innerhalb der Gilde würde dich jetzt bestimmt irgendeine Töpferwerkstatt als Porzellanmaler einstellen. Dann kannst du immer noch deine Kunst in Gulden verwandeln. In Kartoffeln und *Hutspot* und Brot. In Decken und Stiefel für deine Jungen«, schloß sie.

Ein Teller nach dem anderen, gnadenlos. Er stellte sich vor, wie sie sich vor ihm an der Wand stapelten.

Seine Knie wurden weich, und er schaute weg, schaute die Dinge im Raum an. Die Ausdruckskraft von Gegenständen in einem Raum konnte ihn zutiefst bewegen. Ein goldener Wasserkrug, der auf einem schmalen rotgemusterten Tuch stand wie auf einem Altar, schillerte in einem Dutzend changierender Farbtöne zwischen scharlachrot und goldgelb. Ihm gefielen die geraden kräftigen Linien, die von dem soliden Gefäßboden nach oben stiegen, und der sinnliche Schwung des Henkels.

»Ein hübscher Krug«, sagte er. »Hast du noch einen zweiten, den du vorübergehend benutzen könntest? Ich mag die Art, wie sich der Stoff in dem Gold spiegelt. Vielleicht könnte ich ihn malen und –«

»Nimm ihn. Nimm ihn. Nimm auch das Tuch.« Sie machte eine wegwerfende Handbewegung, und ihm war, als gälte sie auch ihm. »Warum hat mich der Herr mit so einem Schwiegersohn geschlagen. Mit so einem Sohn und so einem Schwiegersohn, die beide verantwortungslos sind. Beide verrückt.«

»Was ist mit dem Vorschuß?«

»Ich werde darüber nachdenken. Versprechen kann ich es nicht. Willem bekommt Wutanfälle, wenn er den Eindruck hat, daß ich dich bevorzuge, und dann zerschlägt er das Inventar. Mein letztes Darlehen an dich hat er nicht vergessen. Und er glaubt, daß ich euch zur Taufe ein stattliches Geldgeschenk machen werde. Aber das kann ich nicht. Meine Pachteinnahmen aus den Beijerlands sind im Verzug.«

»Ich dachte, ich bräuchte nur genug, um ein kleines Atelier anzumieten, dann könnte ich ungestört arbeiten und mehr produzieren.«

»Ich sagte, ich werde darüber nachdenken.«

Auf seinem Heimweg, mit dem Krug, den er in das Tuch gewickelt hatte, fühlte er, wie mit der Nacht eine entsetzliche, hohle Niedergeschlagenheit über ihn hereinbrach. Ohne einen einzigen Stuiver würde er Catharina gegenübertreten müssen. Heute abend würde er ihr sagen, daß er bereit war, eine andere Arbeit anzunehmen. Es wäre eine Schande, bei einer Keramikwerkstatt anzufragen. Danach würde er nie wieder als Künstler angesehen werden. Nur als Handwerker. Dann war es doch besser, etwas vollkommen anderes zu machen. Er würde für seinen Vetter arbeiten und Stoffe verkaufen. Gleich morgen wollte er anfangen. Nur für ein paar Jahre. Vielleicht weniger, wenn er Erfolg hatte. Das kleine bißchen Kontinuität in seiner Malerei zu unterbrechen würde sich katastrophal auf seine Arbeit auswirken. Zu ihr zurückzufinden, würde ein langer, mühseliger Prozeß sein.

Er hörte das Gebrüll, schon als er noch ein paar Häuser entfernt war. Die Nachbarn hatten sich vor seinem Haus versammelt. Er rannte hinein. Im Wohnraum fand er seine schreienden Kinder vor, Geertruida und das Baby, die beide weinten, und Willem, der Catharina mit einem Stock schlug. Sie war auf ihr Spinnrad gefallen, nun lag sie zusammengekrümmt daneben auf dem Boden und versuchte, ihr ungeborenes Kind zu schützen. Mit einem wütenden Schwung ließ er den Krug auf Willems Kopf niedersausen. Das setzte ihn einigermaßen außer Gefecht, so daß Jan ihn von Catharina fortziehen und ihm einen kräftigen Schlag in die Magengrube geben konnte. Willem fiel, wobei eine Staffelei zu Bruch ging. Jan trat ihn und riß ihm die Arme auf den Rükken und setzte sich auf ihn.

»Francis, hol Schnur. Soviel wir haben. Maria, Cornelia, kümmert euch um eure Mutter.« Während Willem immer noch halb betäubt war, fesselte ihn Jan mit Händen und Füßen an einen Lehnstuhl, welchen er an der Treppe festschnürte. Dann sah er den Stock. Eine Eisenspitze stak vorn heraus. »Johannes, treib van Ouvergauw auf, den Mann, der deinen Arm geschient hat. Weißt du noch? Vier Häuser weiter. Zur Kirche hin. Wo ist bloß Magdalena? Beatrix, hol deine Großmutter Maria. Nimm eine Laterne mit, Kind. Es wird dunkel.«

Das ganze Zimmer schien sich um diese Eisenspitze zu drehen, bis er hörte, wie seine Frau flüsternd zu den älteren Mädchen sagte: »Es geht mir gut. Es geht mir gut.« Schon jetzt spielte sie es herunter, um der Kinder willen. Er war schließlich ihr Onkel, würde sie sagen. Jan nahm seiner ältesten Tochter ein feuchtes Tuch ab und wusch Catharinas Arm, dort wo der Nagel eine lange tiefe Kratzwunde hinterlassen hatte.

»Wie hat es angefangen?«

»Er ist wie ein Wahnsinniger hereingestürzt.«

Willem kam zu sich und fing an, wirres Zeug über eine Teufelin zu schreien. Jan knebelte ihn mit dem roten Tuch und wandte sich dann, voller Selbstvorwürfe wegen seiner Nachlässigkeit, wieder Catharina zu. Wenn er zu Hause gewesen wäre, hätte das nicht passieren können. Er schluckte die Schuldgefühle hinunter und strich sanft mit dem feuchten Tuch über Catharinas Gesicht und Hals.

»Es geht mir gut«, sagte sie.

»Aber das Kind.«

Eine fremde, unruhige Atmosphäre erfüllte das Zimmer bis in die letzte Ecke. Der spanische Stuhl war umgefallen, das Spinnrad entzwei, sein Gemälde *Christus bei Maria und Martha* hing schief, die Tischdecke war vom Tisch gerutscht, irdene Schalen lagen in Scherben auf dem Fußboden, die Suppe der Kinder war verschüttet und die hölzerne Wiege schaukelte hin und her, während ihr vergessener Inhalt unbeachtet weiterschrie: Alle Ordnung seines Universums war durcheinandergeraten. Die Wiege erzeugte ein rhythmisches, knarzendes Geräusch. Die Stadtansicht, die er auf die eine Seite der Wiege gemalt hatte, eine Übung für die *Ansicht von Delft*, fing das Licht ein, dann nicht, dann wieder doch. Es verging eine geraume Zeit, bevor er hinüberging und sie zum Stillstand brachte. Die Wiege hatte das Baby überlebt, für das sie einst gefertigt worden war, seine Großmutter, wie ihm jetzt staunend bewußt wurde. Daß die Dinge länger leben konnten als die Menschen.

Er nahm das Baby heraus und legte es sich an die Schulter, und das flaumige Haar des Kindes berührte so herrlich weich seine Wange. Er wiegte es sanft hin und her, um es zu beruhigen, und zog dabei den süßen, milchigen Geruch des kleinen Mädchens ein. Er fühlte, wie der kleine Mund versuchte, an seinem Hals zu saugen.

Van Ouvergauw erschien unverzüglich, untersuchte Catharina und verarztete die Wunde, aber Maria Thins ließ Jan lange genug warten, um ihm ohne jeden Zweifel zu verstehen zu geben, daß sie sich nicht hetzen ließ. Mit aufgerissenen Augen, in denen sich zuviel Weißes zeigte, eilte sie sofort an Catharinas Krankenlager.

»Es geht mir gut, Mutter.«

Jan erklärte Maria Thins ohne Umschweife: »Ich kann nach dem Amtmann schicken und ihn ins Gefängnis werfen und in Eisen legen lassen. Wir können ihn aber auch freiwillig in eine private Besserungsanstalt einweisen.«

Ihre Nasenflügel bebten, die Augen schossen unkontrolliert durch den Raum. »Wo?«

»Bei Taerling.«

Willem bäumte sich wild unter der Schnur auf, die über seine Brust gespannt war, und wimmerte.

Sie zögerte. Jan zeigte ihr den Stock mit der Eisenspitze. »Besser als eine öffentliche Nervenheilanstalt.«

Entsetzen spiegelte sich in ihren Augen. Im nächsten Augenblick verlagerte sich ihr Verantwortungsgefühl für das eine Kind auf das andere. Sie stand tief bei ihm in der Schuld. Unter Tränen und unfähig, ihren geknebelten, stöhnenden Sohn anzusehen, nickte sie zustimmend. Bevor sie ihre Meinung ändern konnte, bat Jan einen Nachbarn, Taerling zu holen. »Und er soll Handfesseln mitbringen.«

Jan und Catharina verbrachten die Nacht in stummem Schock. Am nächsten Tag verlor sie das ungeborene Baby. Jan verbrachte die Tage bei Catharina, bis sie wieder gesund war. Er fühlte sich hilflos, brachte ihr Tassen mit Brühe ans Bett und reparierte ihr Spinnrad. Und eine Woche lang quälte er sich aus dem Schlaf, aufgeschreckt von Geertruidas schrillem Geschrei. Er hielt ihren heißen, feuchten, von einem Alptraum schluchzenden Körper, bis warme Milch und seine Umarmung sie soweit trösteten, daß sie wieder einschlafen konnte.

Viel zu schnell kehrten die anderen Kinder wieder zu ihrem ungestümen Spiel und Streit zurück. Türen schlugen. Kinder, die draußen waren, wollten herein. Kinder, die drinnen waren, hinaus. Die zwei jüngsten Buben, Francis und Ignatius, gewöhnten sich an, das Gesehene nachzustellen, und sie inszenierten Kämpfe, in denen Köpfe mit Holzkrügen eingeschlagen, Bäuche eingetreten und Besiegte gefesselt wurden. Sie zankten sich darum, wer Papa sein durfte und wer Onkel Willem, und der Krug wurde zwischen ihnen hin und her gezerrt, bis der Kampf echt war. Jan fuhr heftig dazwischen, damit sie aufhörten.

Er erklärte sich bereit, Willems Gewahrsam in der Besserungsanstalt zu beaufsichtigen. Seines Bruders Hüter zu sein kam ihm wie ein scheinheiliger Weg vor, sich Einlaß ins Himmelreich zu verschaffen. Warum durfte er das nicht mit seiner Malerei bewerkstelligen? Er fühlte, wie ihm sein Leben zu entgleiten drohte.

Maria Thins lieh ihm dreihundert Gulden. Es war zwar nicht dasselbe, wie von seiner Kunst leben zu können, aber er gewann dadurch etwas Zeit. Er beglich gerade so viel von seinen Schulden, daß sich der Bäcker und der Krämer vorerst zufriedengaben, kaufte den Kindern neue Schuhe, zahlte eine Rate für das Eisboot ab und erstand Bröckchen verschiedener Pigmente und venezianisches Terpentinöl. Dann war das Geld weg.

Könnte er doch nur schneller arbeiten. Male, Johannes, male, sagte er sich. Doch wenn er schneller malte, wie konnte er da Werke schaffen, die ihren Ursprung in tiefer Nachdenklichkeit hatten, der einzigen Art, wie Lebendiges lange genug angehalten werden konnte, damit man es verstand? Und war nicht alles, was er malte – einen Brotkorb, einen Krug, ein Schmuckkästchen, einen Kupferkübel – etwas Lebendiges?

Eines Tages zerstampfte er ein Täfelchen Ultramarin mit dem Stößel im Mörser und erfreute sich an der Intensität des Blaus, das so kräftig war wie pulverisierter Lapislazuli, als im Wohnzimmer Krach geschlagen wurde. Seine zweite Tochter. Magdalena. Viel zu alt für so ein Benehmen. Sobald er eintrat, hörte sie auf zu schreien. Die Angst, sich nur zu mucksen, ließ alle verstummen, selbst Ignatius. Selige Ruhe kehrte ein, nur vom Scharren ihres Stuhls auf dem Kachelboden gestört, als sie vor ihm zurückwich.

Dann schaute sie zu ihm auf, ihre Wangen rosig vor Scham. Die Reue, die in ihren Augen schimmerte, stimmte ihn milde. Sie stand vor ihm wie vom lieben Gott dargeboten. Der blaue Stoff ihres Kittels bauschte sich wie ein wolkiger Himmel. Etwas war in diesem Mädchen, das er nie fassen konnte, ein Innenleben, das ihm verschlossen war. Er bewunderte die Höhenflüge des Kindes, ihre unersättliche Leidenschaft, immerfort irgendwo hinzulaufen, dieses aktive Innenleben. Es einen Moment anhalten zu können, lange genug, um es malen zu können, für die Ewigkeit.

Ob es möglich wäre, guten Gewissens etwas zu malen, das er nicht verstand? Wovon er nicht einmal wußte?

»Setz dich hin.«

Es zu malen war die einzige Art, wenigstens den Versuch zu machen, es zu erfahren.

Der Stuhl scharrte wieder, als sie sich an den Ecktisch vor dem Fenster setzte.

Ihre Augen, blasses Himmelblau. Wie konnte es sein, daß sie ihm nie aufgefallen waren? Das Gesicht, nicht schön; noch geladen mit beherrschter Zurückhaltung – vor ihm, wie er glaubte. Diesen Ausdruck mit Ehrlichkeit statt mit Stolz oder auch nur mit Liebe wiederzugeben, das Malen vertrauter Gefühle hinter sich zu lassen und das Rätselhafte einzufangen – das war ihre Herausforderung an ihn. Das Gefühl seiner Verpflichtung meldete sich nun stärker, erneuerte sich, wie Pieter gesagt hatte. Im offenen Fenster spiegelte sich ihr Gesicht, und in einer Scheibe erschien leuchtend ihre Wange, als wäre sie mit dem Staub zerdrückter Perlen vermischt. Er öffnete das Fenster noch ein paar Zentimeter weiter, dann wieder weniger, bis er den richtigen Winkel gefunden hatte. Der Hauch einer Brise bewegte das lose Haar an ihrer Schläfe.

»Wenn du hier sitzenbleibst, dann werde ich dich malen, Magdalena. Aber nur, wenn du aufhörst zu schreien.« Ihre Augen weiteten sich und sie biß sich auf die Lippen, um ein Lächeln zu unterdrücken, das vielleicht in Worte ausarten könnte. Er holte den Nähkorb, stellte ihn auf den Tisch und dachte an dessen rührende, bescheidene Geschichte. Catharina hatte ihn unter Dutzenden anderer an einem Marktstand ausgesucht. Er schob Geertruidas Milchglas in das schräg einfallende Licht, das Glas, das jemand am Vortag und am Tag davor abgewaschen hatte. Er stellte den goldenen Krug daneben und rückte ihn schräg versetzt dahinter. Er schimmerte im Strahl des Sonnenlichts und reflektierte das Blau von Magdalenas Ärmel. Nein. Er nahm ihn wieder weg. Er war schön, aber es war ehrlicher ohne ihn. Er legte Magdalena das Hemd ihres Bruders auf den Schoß, an das Knöpfe genäht werden mußten. Er veränderte die Haltung ihrer Schultern und fühlte, wie sie sich erst verkrampften, dann langsam unter seinen

Händen entspannten. Er arrangierte ihren Rock und ihre weiße Leinenhaube, die Catharina gemacht hatte. Sie hatte die Hand mit geöffneter Handfläche auf das Hemd sinken lassen, die zarten Finger leicht gekrümmt. Perfekt. Kein Akt irgendeiner Tätigkeit. Jede beabsichtigte Handlung war vergessen und daher war die Szene vollkommen friedlich.

Seine Frau kam plötzlich zum Tisch gelaufen, um Geertruidas Milchglas zu entfernen.

»Nein, laß es stehen, Catharina. Dort im Licht. Es heiligt die ganze Ecke mit der Anmut, einfach nur zu leben.«

Während er die Gegenstände anordnete, verspürte er eine Freude, die sein Egoismus sicherlich nicht verdient hatte. Er trat zurück und atmete langsamer, und was er sah, von einem warmen honig- und goldfarbenen Glanz erhellt, war eine Ruhepause von all den unerkannten Tätigkeiten der Frauen, das Heim zu heiligen, ein Verharren in der Stille. Die Stille heute, dachte er, war vielleicht alles, was er je über das Himmelreich erfahren würde.

ACHTES KAPITEL

Magdalena schaut

Eines späten Nachmittags, als Magdalena mit dem Wäschewaschen fertig war und ihre Mutter sie ausgehen ließ, lief sie geschwind aus ihrem Haus bei der Nieuwe Kerk, über den Marktplatz, vorbei an van Buytens Bäckerei, über zwei kopfsteingepflasterte Kanalbrücken, vorbei am Schmied, bis zur Kethelstraat und der Stadtmauer. Dort nahm sie eine ockerfarbene Stufe nach der anderen, die ihr allesamt bis ans Knie reichten, hinauf zu ihrem Lieblingsplatz in ganz Delft, dem runden Ausguckplatz für die Posten. Oh, was sie alles von dieser großen Höhe sehen konnte. Wenn sie das nur malen könnte. In der einen Richtung waren das Schiedamer Tor und die beiden Türme des Rotterdamer Tors, und Schiffe mit seltsam geformten Segeln von der Farbe brauner Eierschalen, die von der offenen See auf dem großen Schiefluß einliefen. In der anderen Richtung erstreckten sich längliche Kartoffelfelder, darauf Holzpflüge, deren Schatten wie lange Finger über den Boden krochen, und Obstgärten mit Reihen grüner Rundungen, die so ordentlich waren, wie es sich Mutter für ihre elf jungen Leben wünschte, und der Rauch von Töpfereien und Ziegeleien, und was dahinter war, wußte sie nicht. Sie wußte es nicht.

Sie stand da, schaute und schaute, und hinter ihrem Rücken hörte sie das Knarren und Leiern der südlichen Windmühle, die sich so hurtig im Meereswind drehte, wie ihr Herz höher schlug, und sie atmete das Salzwasser ein, das hier von anderen Küsten hereingespült wurde. Unter ihr lief die Schie wie ein blaßgelbes Band die Stadtmauer entlang. Je länger sie schaute, desto mehr hatte sie den Eindruck, daß der Fluß seine Farbe vom Himmel entlieh. Die Boote am Schie-Dock machten im Wind, der die Befestigungshaken klappern und ihre hohlen Bäuche sanft gegeneinanderstoßen ließ, eine irgendwie dumpfe, klimpernde Musik, die sie wunderbar fand. Doch das ging ihr nicht nur heute so. Sie fand den Ausguckposten bei jedem Wetter wunderbar. Wenn sie beobachtete, wie der Regen die graue See zerpflügte und die Steine der Landebrücke zum Flimmern brachte, wenn sie die Schnüre kalten Wassers auf Gesicht und Händen fühlte, erfüllte sie das mit unbändiger Freude.

Sie stellte sich an eine Mauerscharte, und genau in diesem Augenblick hob ein Windstoß ihre Röcke. Männer, die mit ihren Bündeln auf der Brücke standen und darauf warteten, aufs Meer zu fahren, riefen etwas in einer Sprache, die sie nicht verstand. Das würde sie Mutter niemals erzählen. Mutter wollte nicht, daß sie hierherkam. Der Ausguck sei voller Tabak rauchender Wachmänner, hatte Mutter gesagt. Etwas Unheimliches hatte in der Bemerkung mitgeklungen, als ob sie fand, daß Magdalena sich fürchten sollte, aber Magdalena konnte damals noch keine Furcht empfinden, und auch nicht an diesem Ort.

Denn hier oben, hoch über der Stadt, hatte sie Sehnsüchte, von denen niemand in ihrer Familie etwas ahnte. Und kein Mensch würde je davon erfahren, dachte sie, es sei denn, jemand mit einem guten Herzen würde sie ihr vom Gesicht ablesen oder sie selbst so beherzt sein, davon sprechen zu können. Ihre Wünsche hatten die Macht, ihr den Atem zu verschlagen. Manche waren groß und leidenschaftlich und hartnäckig, andere bloße Stiche goldener Pünktchen, kurzlebig wie Glühwürmchen, die sie um so heftiger spürte. Sie wünschte sich, daß ihre häuslichen Aufgaben erledigt wären, damit sie Zeit hatte, jeden Tag vor dem Abendbrot zur Stadtmauer zu rennen, oder zur Oude Kerk, um das Laub vom Grab ihres Bruders zu entfernen. Sie wünschte sich, daß ihre jüngeren Schwestern nicht soviel weinen und die Jungen nicht soviel streiten und raufen und einem überall im Haus mit lautem Gebrüll in die Quere kommen würden. Vater wünschte es sich auch, das wußte sie. Sie wünschte sich, daß es nicht so viele Schalen zum Abwaschen gäbe, dreizehn zu jeder Mahlzeit. Sie wünschte sich, daß ihr Haar auf dem Marktplatz im Sonnenlicht flachsfarben leuchten würde wie das der kleinen Geertruida. Sie wünschte sich, daß sie in einer Kutsche die Grenzen überqueren und alle Länder bereisen könnte, die auf der Landkarte ihres Vaters verzeichnet waren.

Sie wünschte sich, daß der Krämer nicht so ruppig zu ihr wäre, wenn sie ihm vier Gulden anbot, was alles war, was Mutter ihr mitgegeben hatte, um die Lebensmittelrechnung zu bezahlen, die mittlerweile auf ein paar Hundert angewachsen war, wenn sie sich nicht täuschte. Sie wünschte sich, daß er nicht so schreien würde; dadurch schlug ihr sein Knoblauchatem direkt in die Nase. Der Bäcker, Hendrick van Buyten, war freundlicher. Bisher hatte er Vater zwei Mal mit Gemälden bezahlen lassen, damit sie wieder von vorn anfangen könnten. Manchmal gab er ihr ein Brötchen, das noch warm war und das sie auf dem Nachhauseweg essen konnte. Und manchmal tat er einen Tupfer Honig darauf. Sie wünschte sich, der Krämer wäre auch so.

Sie wünschte sich, daß Vater öfter ihr Eisboot auf der Schie fahren lassen würde. Er hatte ein sehr schönes mit einem hohen, elfenbeinfarbenen Segel gekauft. »Achtzig Gulden«, hatte Mutter murrend gesagt. »Das hätte für Brot und Fleisch eines ganzen Winters gereicht.« An Sonntagen bei klarem Winterwetter, wenn er gerade ein Gemälde beendet und noch kein anderes begonnen hatte, flog es mit ihnen holpernd über das weiße Glas des Kanals. Sie hatte so eine Geschwindigkeit noch nie erlebt. Die scharfe kalte Luft blies ihr Leben und Hoffnung und Aufregung in die Ohren und den geöffneten Mund.

An dem Morgen, als Vater Bleiweiß mit einem klitzekleinen Pünktchen Bleizinngelb für einen Gänsekiel mischte, als er ein Bild von Mutter malte, auf dem sie einen Brief schrieb, wünschte sie sich, daß sie eines Tages jemanden haben würde, dem sie schreiben könnte, daß sie am Ende eines Briefes voller Liebe und Neuigkeiten schreiben könnte: »Verbleibe ich wie stets Deine Dich liebende Magdalena Elisabeth.«

Mutter malte er oft, Maria ein Mal; er schmückte ihren Kopf mit einem goldenen Tuch und ihre Schultern mit einem weißen Samtschal. Maria war älter als sie, fünfzehn, aber nur um elf Monate. Vielleicht machte es ja Spaß, sich so zu verkleiden wie Maria, und Perlenohrringe zu tragen und sich von Vater genau in Positur setzen zu lassen, aber das einzige, was sie sich bei der ganzen Sache wirklich gewünscht hätte, wäre, daß er sie immer wieder anschaute und ihr seine Aufmerksamkeit schenkte.

Mehr als all diese Wünsche hatte sie einen einzigen rasenden Wunsch, der alle anderen verblassen ließ. Sie wünschte sich, zu malen. Ja, ich, dachte sie, als sie sich über die Steinmauer lehnte. Ich will malen. Das hier und alles andere. Die Welt erstreckte sich in all ihrer Herrlichkeit vor ihrem günstigen Ausguck. Von hier oben aus gesehen war Schönheit mehr als nur Farbe und Form, sie war auch Weite, Licht und Luft, und aus diesem Grund wirkte sie unberührbar. Wenn doch der Akt des Wünschens allein sie dazu befähigen könnte. Vater hatte nur eigenartig gelächelt, als sie ihm erzählte, daß sie malen wollte. Als hätte sie gesagt, daß sie zur See fahren wolle, was sie sich natürlich auch wünschte, um das, was sie sehen würde, malen zu können. Als sie es aussprach, hatte ihr Mutter den Korb mit der Stopfwäsche in die Hand gedrückt.

Sie sah ihm oft aus einer Zimmerecke bei der Arbeit zu. Weil er sich immer Ruhe ausbat, wenn die Kleinen lachend und lärmend durch den Raum rannten, stellte sie ihm nicht viele Fragen. Er antwortete ohnehin nur selten. Dennoch beobachtete sie genau, wieviel Leinsamenöl er verwendete, um das natürliche Ultramarin zu verdünnen, und sah zu, wie er es auf eine glasige, rotbraune Farbschicht auftrug. Wundersamerweise verwandelte es das Kleid, das er malte, in ein wärmeres Blau als das auf der Palette. Sie durfte ihn nicht auf den Dachboden begleiten, wo er Bleizinngelb zu Pulver stampfte, aber er schickte sie zur Apotheke, nach den kleinen Pigmentbrocken, und nach Leinsamenöl. Dafür war immer Geld da, aber sie wußte nicht, was sie sagen sollte, als der Apotheker die Rechnung für die Arzneien ihres Bruders anmahnte, die noch nach dessen Tod offenstand.

Wenn sie nur eigene Farben haben könnte und Pinsel. Sie würde nicht bloß Frauen in engen kleinen Räumen malen. Sie würde sie auf Marktplätzen malen, wie sie sich über Kartoffelfelder beugten, wie sie sich im Sonnenlicht in Türeingängen unterhielten, in Booten auf der Schie oder beim Gebet in der Oude

Kerk. Oder sie würde Menschen malen, die auf der gefrorenen Schie Schlittschuh liefen, Väter, die es ihren Kindern beibrachten.

Väter, die es ihren Kindern beibrachten. Der Gedanke ließ sie innehalten.

Als sie dort auf dem Wachturm auf eine Wolke schaute, die den Fluß verdunkelte, wußte sie, genauso wie sie wußte, daß es immer etwas zu waschen oder zu stopfen für sie geben würde, daß es nie geschehen würde. Sie war erschöpft vom vielen Wünschen und wandte sich zum Gehen. Sie mußte rechtzeitig zu Hause sein, um bei den Vorbereitungen für das Abendessen zu helfen.

Es war ein Frühlingstag, der auf keine besondere Weise begann, außer daß sie am Nachmittag des Vortags auf die Stadtmauer gestiegen war und überall in Delft die Bäume, die die Kanäle säumten, plötzlich hellgrüne Blätter getrieben hatten und das Licht durch sie flutete und sie gelber erscheinen ließ, nur nicht an den dunkleren Stellen, wo sich ein Blatt über ein anderes legte. An diesem Tag, der den Frühling zu einer Gewißheit machte, drang aus einem unbekannten, ungeborenen Ort ihres Inneren ein Schrei. »Ich mag nicht stopfen!« rief sie die Wände, Mutter, alle an. »Man schafft damit nichts Neues.«

Vater betrat den Raum, warf Mutter einen Blick zu und schaute dann ungehalten zu Magdalena hinüber. Es war ihre Aufgabe, ihre kleinen Brüder für ihn ruhig zu halten oder sie nach draußen zu scheuchen, und jetzt war sie diejenige, die den Lärm veranstaltete. Niemand machte einen Muckser. Selbst die Jungen waren still. Zuerst starrte sie nur auf Vaters Hand, die mit Ultramarinpulver beschmiert war, sah ihm nicht in die Augen, da sie vom Nachhall ihrer Stimme zu sehr erstaunt war, um ihm außerdem noch trotzige Rechtfertigungen entgegenzuschleudern. Sie liebte ihn, liebte, was er mit dieser Hand vollbrachte, und sie liebte sogar, so vermutete sie, was er liebte, obwohl sie nie davon gesprochen hatten. Als sie mit diesem Gedanken zu ihm aufschaute, merkte sie, wie seine Züge freundlicher wurden, als würde er sie in seinem Haus zum ersten Mal wahrnehmen. Er zog sie zu dem Tisch am Fenster, holte den Nähkorb, legte ihr das Hemd ihres Bruders auf den Schoß, an dem Knöpfe fehlten, rückte den Stuhl zurecht, öffnete das Fenster, erst ein Stückchen weiter, dann wieder ein Stückchen weniger, und entdeckte, wie es in einem bestimmten Winkel ihr Gesicht widerspiegelte. »Wenn du hier sitzenbleibst und stopfst, werde ich dich malen, Magdalena. Aber nur, wenn du mit diesem Geschrei aufhörst.« Er veränderte die Haltung ihrer Schultern, und seine Hände, die einen Augenblick auf ihnen ruhten, fühlten sich durch den Musselinstoff ihres Kittels warm an und schienen sie zu beruhigen.

Mutter kam herbeigeeilt, um Geertruidas Milchglas zu entfernen.

»Nein, laß es stehen, Catharina. Dort im Licht.«

Tagelang saß sie, so still sie konnte, für Vater da, machte aber gelegentlich ein paar Nadelstiche für

Mutter. In dieser von Stille erfüllten Stimmung bewegten sie alle Dinge innerhalb ihres Blickfelds zutiefst. Der über den Tisch geworfene Teppich, der Nähkorb, dasselbe Glas, das jeden Tag bis zum selben Stand nachgefüllt wurde, die bernsteinfarbene Weltkarte an der Wand – daß diese Dinge, die sie berührt hatte, die ihr so vertraut geworden waren wie die eigene Haut, von Betrachtern seines Bildes angeschaut, bewundert, vielleicht sogar geliebt werden würden, rührte an eine Saite ihres Herzens.

An sonnigen Tagen glitzerten die Glasscheiben des Fensters, vor dem sie saß. Wie Juwelen, die zu kleinen flachen Vierecken geschmolzen worden waren, dachte sie. In ihren matt-transparenten Farben war jede etwas anders als die anderen – die eine elfenbein-, die andere pergamentfarben, von der Tönung des hellsten Weins oder der fahlsten Tulpe. Sie hätte gern gewußt, wie Glas hergestellt wurde, aber sie fragte nicht. Es hätte ihn gestört.

Draußen vor dem Fenster war das Schnattern auf dem Markt zu hören, wo Äpfel und Schmalz, Besen und Holzeimer verkauft wurden. Sie mochte die Käseträger mit ihren flachkrempigen roten Hüten und ihrer blendend weißen Kleidung. Ihre gewölbten gelben Tragen, auf denen sich ordentlich die Käselaibe stapelten, hingen zwischen jeweils zwei Männern an Seilen und warfen bräunliche Schatten über das Kopfsteinpflaster. Zwei solcher Tragen, diagonal in den Mittelgrund zwischen die Männer plaziert, würden durch die sich wiederholenden Formen der ausladenden Käseräder eine hübsche Komposition ergeben. In den Hintergrund würde sie einen Botenjungen setzen, der vor dem Gildenhaus eine mit silbernem Kabeljau beladene Karre schob, und in den Vordergrund vielleicht ein Paar lavendelgraue Möwen, die Krümel pickten. Das Glockenspiel der Nieuwe Kerk, das die Stunde verkündete, ließ eine profunde Wahrheit in ihrer Brust anklingen. Alle außer mir finden das vollkommen gewöhnlich, dachte sie.

Während des ganzen Monats sprach sie nicht. Das Ereignis war zu bedeutend, als daß man es mit Worten vertreiben durfte. Er hatte gesagt, er würde sie malen, wenn sie ruhig blieb, und darum sprach sie kein Wort. Sie fühlte einen dumpfen Schmerz in der Brust, als sie begriff, daß ihr Schweigen ihn nicht auch nur einen Moment nachdenklich oder neugierig stimmte. Wenn sie ihn aus den Augenwinkeln anschaute, konnte sie nicht sagen, was sie ihm bedeutete. Allmählich wurde ihr klar, daß er sie mit demselben Interesse betrachtete wie das Milchglas.

Vielleicht weil sie nicht hübsch war wie Maria. Sie wußte, daß ihr Kiefer vortrat und ihre wäßrigen blassen Augen zu weit auseinanderstanden. Sie hatte einen Leberfleck auf der Stirn, den sie immer zu verbergen suchte, indem sie ihre Haube ins Gesicht zog. Was wäre, wenn niemand das Gemälde haben wollte? Was dann? Dann wäre es vielleicht ihre Schuld, weil sie nicht hübsch war. Sie wünschte sich, daß er irgendeine Bemerkung über sie machen würde, aber das einzige, was er sagte, nicht zu ihr, sondern mehr zu sich selbst, betraf das Sonnenlicht, das die Haube über ihrer Stirn weißer machte, oder wie der Schatten ihres Nackens das Blau ihres Kragens reflektierte, oder wie die Sienaerde ihres Rocks das venezianische Rot in den Falten vertiefte. Es ging nie um sie, schrie sie nach innen, nur um Dinge, die sie umgaben, die sie nicht geschaffen und zu denen sie nicht einmal bewußt beigetragen hatte. Wieder ein Wunsch, der nie in Erfüllung gehen würde, wie sie jetzt verstand, selbst wenn sie ewig leben würde, daß er oder überhaupt irgend jemand sie aus Liebe und nicht als ein künstlerisches Studienobjekt anschauen würde. Wenn zwei Menschen dasselbe lieben, dann müssen sie doch auch einander lieben, folgerte sie, wenigstens ein bißchen, selbst wenn sie es nie sagen. Dennoch bemühte sie sich für ihn, friedlich auszusehen, während sie aus dem Fenster schaute, weil er sie mit einer so erfahrenen Konzentration malte, und auch aus Ehrfurcht vor ihm. Aber als sie auf die Leinwand schaute, schien ihr das, was sie als friedlich beabsichtigt hatte, eher eine wehmütige Sehnsucht auszudrücken.

Das Gemälde wurde nicht vom Brauereibesitzer Pieter Clasz van Ruijven erworben, der die meisten Werke ihres Vaters erstand. Er sah es, überging es aber zugunsten eines anderen. Die Schande brannte so stark, daß sie an dem Abend kein Wort sprechen konnte. Das Gemälde hing ungerahmt im Herdraum, wo die jüngeren Kinder schliefen. Später mußte die

Familie ihren Wohnsitz im Mechelen am Marktplatz aufgeben und sich in kleineren Zimmern bei Großmutter Maria am Oude Langendijk einquartieren. Ihr Vater segelte nicht mehr über die gefrorene Schie, ja er verkaufte das Eisboot sogar. Er malte kaum noch, denn die Zimmer waren vollgestopft und dunkel, die kleinen Kinder laut und ungestüm, und ein paar Jahre später starb er.

Als sie ihn zum letzten Mal in seinem Bett wusch und seine Finger schon kalt waren, kam ihr ein Gedanke, der sie so beschämte, daß sie ihn nicht auszusprechen wagte: Die Szene würde ein schönes Gemälde abgeben, ein Erinnerungsstück, wie die Tochter mit dem Tuch und einer blaugemusterten Waschschüssel am Bettrand stand und mit ihrer Hand die seine bedeckte, die Ehefrau, die erschöpft auf dem spanischen Stuhl zusammengesunken war, ein Kruzifix umklammernd, während der Vater und Ehemann mit trüben Augen in eine fernere Landschaft schaute. Obwohl er alle anderen gemalt hatte, war niemand da, um ihn zu malen, um seiner zu gedenken. Sie sehnte sich danach, es zu tun, aber die Aufgabe machte ihr zu große Angst. Ihr fehlte das Können, und der es ihr hätte beibringen können, hatte es nie angeboten.

Obwohl Magdalena darum bat, verkaufte Mutter die Farben und Pinsel an die Lukasgilde. Davon ließ sich eine der zahlreichen offenen Rechnungen begleichen. Als Mutter vor Sorgen fast krank wurde, kam Magdalena auf die Idee, dem Bäcker Hendrick van Buyten das Gemälde anzubieten, weil sie wußte, daß er sie gern hatte. Und er nahm es, zusammen mit dem Bild einer Dame, die Gitarre spielte, wodurch eine Schuld über sechshundertundsiebzehn Gulden und sechs Stuiver abgegolten war, für mehr als zwei Jahre Brot. Er lächelte und schenkte ihr ein Brötchen.

Innerhalb eines Jahres heiratete sie einen Sattelmacher namens Nicolaes, den ersten Mann, der auf sie aufmerksam wurde. Ein arbeitsamer Mensch, dessen Poren nach Leder und Schmierfett rochen und der ihr ein Vergnügen beibrachte, das nicht in der Betrachtung lag, der dafür aber, wie sie bald feststellte, über keinerlei Phantasie verfügte. Sie zogen nach Amsterdam, und sie sah das Gemälde die nächsten zwanzig Jahre nicht wieder.

1696, kurz nachdem Magritte, ihr einziges überlebendes Kind, glühend vor Fieber in ihren Armen aufhörte zu atmen, las Magdalena in der Amsterdamsche Courant von einer öffentlichen Versteigerung von 134 Gemälden verschiedener Künstler. »Einige außergewöhnlich kunstvolle Gemälde«, stand in der Ankündigung, »darunter 21 besonders eindrucksvoll und herrlich gemalte von dem verstorbenen J. Vermeer aus Delft, werden am 16. Mai um ein Uhr am Oude Heeren Logement versteigert.« In nur einer Woche. Sie dachte an Hendrick. Natürlich konnte man nicht von ihm erwarten, daß er die Bilder ewig behielt. Das von ihr könnte dabei sein. Die Möglichkeit ließ sie nachts nicht schlafen.

Als sie das Auktionshaus betrat, packte sie erneut

ihr sehnsüchtigster Kindheitswunsch: nicht nur das, was sie sah, wiedergeben zu können, sondern auch in welcher Form. Wie weit sie heute von alledem entfernt war, und nicht einmal ein Kind war da, das sie dafür entschädigen konnte! Ihre unwillkürliche Frage, was eigentlich der Sinn ihres Lebens gewesen sei, erschreckte sie selbst. Sich etwas zu wünschen hatte nicht genügt. War es ein Fehler, daß sie ihn nicht angefleht hatte, es ihr beizubringen? Vielleicht nicht. Wenn sie irgendwann festgestellt hätte, daß sie, mit der rechten Hilfe, malen konnte, hätte ihr das vielleicht die Jahre der Geburten und Todesfälle schwerer gemacht. Aber dann wären die Geburten und Todesfälle gemalt worden und die Trauer ein Geschenk gewesen. Sie hätte einen Sinn erfüllt. Hätte das genügt – mit ihrer Kunst eine Wahrheit zu erzählen? Sie wußte es nicht.

So viele von Vaters Bildern sehen zu können, versetzte sie wieder in ihre Kindheit zurück. Das honigfarbene Fenster, der spanische Stuhl, die Wandkarte, die sie so oft angeschaut und dabei von fernen Ländern geträumt hatte. Großmutter Marias goldener Wasserkrug, Mutters Perlen und ihre gelbe Samtjacke – sie flößten ihr jetzt so viel Ehrfurcht ein. Sie hatte das Gefühl, daß all diese Dinge ein Eigenleben besaßen.

Und plötzlich sah sie sich auf Leinwand, in einem Rahmen. Ihre Knie wurden weich.

Hendrick hatte es nicht behalten. Obwohl er sie mochte, hatte er es nicht behalten.

Fast ein Kind war sie da, so schien es ihr jetzt, das aus dem Fenster starrte, anstatt sich ums Stopfen zu kümmern. Als könnte der bloße Akt des Schauens ihre Seele in die Welt hinausschicken. Und diese Schuhe! Sie hatte sie vergessen. Wie wunderbar sie die Schnallen gefunden und geglaubt hatte, daß die Schuhe sie ungemein damenhaft erscheinen ließen. Zum Schluß hatte sie die Sohlen völlig durchgetreten, aber hier auf der Leinwand waren sie noch nagelneu, und die goldenen Lichtpunkte ließen die Schnallen nur so funkeln. Ein freudiges Kribbeln stieg in ihr auf.

Nein, sie war nicht schön, zugegeben, aber es lag eine Schlichtheit in ihrem jungen Gesicht, von der sie wußte, daß die Jahre sie abgetragen hatten, ein im Augenblick stillgehaltenes Verlangen in der Vorwärtsneigung ihres Körpers, ein Sehnen in der Intensität ihrer Augen. Das Gemälde zeigte, daß sie noch nicht wußte, daß ein Leben jäh enden kann, daß vieles, was das Leben ausmacht, Wiederholung und Trennung ist, daß Knöpfe ewig wieder angenäht werden müssen, ganz gleich, wie entschlossen man den Faden einarbeitet, daß nette Dinge fast nie passieren. Trotzdem war sie immer noch eine Frau, die Wünschen unterlag, und sie wünschte sich, daß Nicolaes sie begleitet hätte, um sie in den Tagen ihres Staunens auf dem Ausguck zu sehen, als das Leben und die Hoffnung noch neu und aussichtsreich waren. Aber er hatte keine Veranlassung gesehen, seinen Laden nur wegen einer Laune zu schließen.

Sie stellte sich auf die Zehenspitzen und hielt den Atem an, als ihr Bild aufgerufen wurde. Die Hand in ihrer Tasche umklammerte fest die vierundzwanzig Gulden, wovon einige bei zwei Nachbarinnen geliehen waren, einige heimlich dem Kistchen entnommen, wo Nicolaes sein Geld für den Ledereinkauf aufbewahrte. Es war alles, was sie finden konnte, und sie wagte nicht, ihn um mehr zu bitten. Er hätte es albern gefunden.

»Zwanzig«, sagte ein Mann vor ihr.

»Zweiundzwanzig«, sagte ein anderer.

»Vierundzwanzig«, sagte sie so laut und hastig, daß der Auktionator erstaunt zu ihr herüberschaute. Ob er eine Ähnlichkeit in ihrem Gesicht entdeckt hatte? Er forderte niemanden auf, ein weiteres Gebot zu machen. Das Gemälde gehörte ihr!

»Fünfundzwanzig.«

Es brach ihr das Herz.

Der Rest ging in einem Gewirr von Stimmen und Geräuschen unter. Schließlich bekam ein Mann das Bild, der sich ständig mit seiner Frau beriet, was sie als gutes Zeichen dafür ansah, daß die neuen Besitzer eine nette Familie waren. Siebenundvierzig Gulden. Die meisten Gemälde verkauften sich für viel mehr, aber siebenundvierzig war gut, fand sie. Im Gegenteil, es erfüllte sie vorübergehend mit einem Gefühl, das ihr als die Todsünde des Stolzes beigebracht worden war. Dann dachte sie an Hendrick, und sie wurde von einem wehmütigen Schmerz erfaßt. Siebenundvierzig Gulden abzüglich des Honorars des Auktionshauses entsprachen nicht annähernd der Summe, die ihre Familie ihm geschuldet hatte.

Sie folgte dem Ehepaar im Nieselregen auf die Herengracht hinaus, in der Absicht, sich ihnen vorzustellen, nur ein paar Worte zu wechseln, doch dann ließ sie sich zurückfallen. Sie hatte inzwischen so schlechte Zähne, und das da waren wohlhabende Leute. Die Frau trug Strümpfe. Was sollte sie ihnen sagen? Sie wollte nicht, daß sie den Eindruck bekämen, sie würde etwas von ihnen wollen.

Langsam wendete sie ihre Schritte in die andere Richtung, an einer nassen Steinmauer entlang, die in allen Regenbogenfarben schillerte, und die Feuchtigkeit der Straße spiegelte die blaue Farbe ihres besten Kleides wider. Bald schon breiteten sich darauf Wasserflecken aus und verwandelten das Himmelblau in ein kräftiges Ultramarin, Vaters Lieblingsblau.

Wo der leichte Regen kleine Nadelstiche im graugrünen Kanalwasser hinterließ, bildeten sich feine, dunkle Litzen, und sie fragte sich, ob irgend jemand es genau so gemalt hatte, oder ob das Leben einer Sache, die so belanglos war wie ein Wassertropfen, angehalten und der Welt in Form eines Gemäldes geschenkt werden könnte, und ob die Welt sich darum scheren würde.

Sie dachte an alle Menschen auf allen Gemälden, die sie an jenem Tag gesehen hatte, nicht nur auf Vaters, sondern an die Menschen auf allen Gemälden, auf der ganzen Welt. Ihre Augen, die spezielle Neigung eines Kopfes, ihre Einsamkeit, ihr Leiden und ihre Sorgen wurden von einem Künstler entliehen, damit diese von anderen Menschen über die Jahre gesehen werden konnten, denen sie nie von Angesicht zu Angesicht begegnen würden. Menschen, die ihr ganz nahe sein würden, dachte sie, nur auf ein paar Armeslängen, die sie anschauten und anschauten, aber nie wissen würden, wer sie wirklich war.

Danksagung

»Love enough« (»Genug lieben«) erschien ursprünglich in der *New England Review*, »A Night Different From All Other Nights« (»Eine Nacht, anders als alle anderen Nächte«) in der *Missouri Review*, »Morningshine« (»Morgenglanz«) in *So to Speak* und »Magdalena Looking« (»Magdalena schaut«) in *Confrontation*.

Die Autorin möchte Babara Braun, Greg Michalson, Fred Ramey, C. Jerry Hannah und dem Asilomar Writers Consortium ihren Dank aussprechen.

DIANA

Das anspruchsvolle Programm

Renate Feyl

»Die Erfolgsautorin Renate Feyl ... gilt als anspruchs-volle, quellentreue Ver-fasserin von Roman-Biografien.«

Der Spiegel

» ... als unterhaltsame, informative und kluge Lektüre empfohlen.«

NEUE ZÜRCHER ZEITUNG

62/98

Die profanen Stunden des Glücks
01/10544
Auch im Heyne Hörbuch
26/84 (3 MC)
26/85 (4 CD)

Idylle mit Professor
62/98

Ausharren im Paradies
62/115

Sein ist das Weib Denken der Mann
62/229

DIANA-TASCHENBÜCHER